Terror en Big Bend

Edición en Español

Ethan Richards

Copyright © 2024 by Ethan Richards

All rights reserved.

No portion of this book may be reproduced in any form without written permission from the publisher or author, except as permitted by U.S. copyright law.

Prólogo

**Parque Estatal Big Bend
Condado de Presidio, Texas**

El brutal sol de Texas azota las arenas teñidas de brandy del Parque Estatal Big Bend. El Big Bend: es la gran encrucijada geológica de los Montes Apalaches, las Rocosas y el Campo Volcánico Trans-Pecos. Los montes Bofecillos se alzaban hacia el cielo, sus picos penetraban en el cielo azul. Sus paredes rocosas de escarpada belleza, empequeñecía incluso las obras de Miguel Ángel o Da Vinci. La escasa vegetación pintaba el desierto chihuahuense con una capa de color beige y verde pálidos.

Las olas de calor, visibles para el ojo humano, brillaban hacia el cielo desde el suelo arenoso. Años atrás, una mezcladora de cemento de un camión de la construcción había sido modificada y pintada para que pareciera una cápsula espacial de la NASA. Había servido como destino turístico, atrayendo a miles de visitantes a este lugar concreto—el Cerro de las Burras Loop.

Enrique Esparza había estacionado su vehículo todoterreno en el Cerro de las Burras Loop, dentro del parque, antes de correr diez kilómetros por el sendero rocoso. Los rayos solares golpeaban el sendero, calentando el suelo bajo Enrique. El dolor de una carrera larga y ardua, combinado con el intenso sol del oeste de Texas, mermó su fuerza y su energía. Enrique se estremeció cuando la puntada en su costado se hizo más dura. Solamente llevaba su reloj de pulsera, sus zapatos de campo traviesa y pantalones cortos azules con el logotipo de los Presidio Blue Devils Cross Country.

Con paso agonizante, Enrique se acercó tambaleándose a la falsa nave espacial. Hizo un gesto de dolor cuando la sal de su propio sudor se le coló por los párpados y le picó en los ojos. Su piel color oliva brillaba por el sudor mientras miraba su reloj de pulsera.

"Los traeré la próxima vez". Sacudió la cabeza con rabia. "Correré rápido—".

Enrique apretó los dientes y pateó un montón de rocas de color arena. Gritó, golpeando con un puño su cuádriceps.

"¡Diez segundos menos!", aulló. "¡Diez segundos menos!"

Se paseó en círculos, apoyando las manos en las caderas e intentando recuperar el aliento. Hay dos tipos de corredores: los atletas y los competidores. Enrique era de estos últimos, llevaba su cuerpo al límite. Aunque Enrique tenía corazón, los cazatalentos universitarios no se habían fijado en él. Ahora, su única opción era entrar en un programa universitario de campo traviesa. El padre de Enrique había conseguido una beca para correr campo traviesa en la West Texas A&M University. Quería ser un buen hijo. Quería seguir los pasos de su padre y reducir la carga financiera de su familia.

"Sí, Enrique", dijo. "¿Quién necesita una beca?"

Pero él sabía que sí. Su madre había conseguido un trabajo a tiempo parcial para pagar su anillo de graduación. Su madre, orgullosa de ayudar, ya había solicitado un empleo a tiempo completo en el condado de Presidio.

Hago trabajar a mi madre. ¡Deshonro a mi familia!

Enrique se agachó, agarró una piedra y la lanzó con frustración.

¡PUM!

La roca rebotó en la mezcladora de cemento del camión.

Siguió caminando.

Miau.

A Enrique se le retorció el estómago. ¿Acaba de herir a un animal? Con la energía que le quedaba, saltó hacia la mezcladora de cemento y miró dentro.

Un gato, pensó, mirando fijamente al atigrado naranja que había dentro del enigmático recipiente. De sus clases de ciencias en el instituto Presidio había aprendido que los gatos salvajes aullaban con chillidos espeluznantes parecidos a los de los humanos. Sin embargo, eran los gatos domesticados los que "maullaban".

Miau.

"Tiene suerte, señor Gato", dijo. "Estuve a dos pasos de montarme en mi todoterreno y salir de aquí".

Enrique sacudió la cabeza. "Los gatos hacen cosas raras, pero *¿por qué* entraste ahí?".

El gato, aún dentro de la mezcladora de cemento, caminó hacia Enrique. Se arrastró y olfateó la mano de Enrique.

"*Pero*", dijo Enrique. "No sé por qué los gatos hacen cualquier cosa".

Apretó la cabeza contra la abertura del simulacro de nave espacial y metió el brazo dentro, ofreciéndole al gato una escapatoria.

"Ps-ps-ps-ps", dijo. "Déjame ayudarte, *gato*".

El gato siseó. Arqueó el lomo.

"¿Qué?" Enrique retiró la mano.

Dio un paso atrás, frotándose la mano que tenía dentro. Al hacerlo, un escalofrío le recorrió la espalda. Se dio la vuelta, con las rodillas temblorosas y las manos temblorosas.

"¿Hola?" Miró a su alrededor. *"¿Quién es?"*

Con movimientos nerviosos, Enrique arrastró los pies de izquierda a derecha, escudriñando el área inmediata del Cerro de las Burras Loop.

Entonces, lo vio.

¿Qué tipo de animal es? pensó Enrique, pero en realidad sabía la respuesta. El Instituto Internacional Presidio se había ganado el reconocimiento nacional por su sistema educativo, con sus programas de ciencias y matemáticas particularmente. Profesores de todo el mundo que deseaban obtener un visado de trabajo en Estados Unidos eran enviados a Presidio. Como resultado, aquí se encontraban algunos de los mejores educadores del planeta. Su profesor de Paleontología AP, el Sr. Agila, le había enseñado bastante bien. A pesar de lo imposible de la situación, Enrique reconoció lo que era el monstruo.

"Pero, yo sé lo que es". Enrique susurró: *"Sé lo que es".*

A pesar de su enorme tamaño, el monstruo parecía emerger de su entorno. Su carne leonada era del mismo color que el suelo desértico del condado de Presidio.

La criatura se erguía sobre cuatro gruesas extremidades y medía dos metros. Su hocico estaba cubierto de bigotes de proto-mamífero que parecían púas. La epidermis rugosa de la bestia, parecida a la de una morsa, se extendía a lo largo de sus nueve metros de largo. Sus terribles ojos eran orbes teñidos de mostaza con rendijas verticales negras.

"*¿Por qué está aquí un* Gorgonopsio sinápsido?" dijo Enrique en voz alta.

¿Cómo se me ha ocurrido? Enrique temblaba como un adicto asolado por un síndrome de abstinencia química. La bestia no se movía en un movimiento rectilíneo, sino en ángulos similares a los movimientos de un puma, lo que recordaba a Enrique al jujitsuka acercándose a un oponente.

De algún modo, la bestia primordial había resucitado y ahora vagaba por el parque estatal Big Bend.

Enrique necesitaba subir a su auto. Tenía que salir de Big Bend. Se arrodilló y agarró otra piedra. Si conseguía golpear el campo, podría distraer al monstruo el tiempo suficiente para que Enrique saltara a su todoterreno y se marchara.

A pesar de su miedo, el peligro de muerte y la confusión se apoderaron de él.

¿Cómo es posible?

Enrique lanzó la piedra.

Rebotó en la piel rugosa. Enrique corrió hacia su todoterreno.

La cosa abominable se lanzó hacia delante.

Con un movimiento felino, levantó la pata derecha.

¡WHAAM!

La gigantesca pata golpeó el pecho de Enrique. Voló hacia atrás y se estrelló contra el suelo. Hojas de mezquite y otros dolorosos trozos de plantas tejanas laceraron su carne. Enrique se levantó de un salto y se arrastró hacia un lado, junto a la mezcladora de cemento abandonada.

Miró a su alrededor, buscando a la criatura.

No estaba.

De repente, una fuerza golpeó la espalda de Enrique. Gritó de dolor, con voz de falsete, mientras unos colmillos penetraban en su hombro derecho. La adrenalina recorrió su cuerpo. A pesar de la hemorragia, se lanzó hacia delante, intentando alcanzar su ATV.

El Gorgón se abalanzó. Sus horribles colmillos se clavaron en la pierna derecha de Enrique. El sinápsido Gorgonopsido sacudió la cabeza, de izquierda a derecha. Los dientes serrados se clavaban más con cada movimiento.

"*¡Ayúdenme!*" Enrique gritó, esperando que algún transeúnte pudiera oírlo. "*¡Ayúdenme!*"

Sus súplicas sólo resonaron a través de los cañones y las montañas.

A pesar del dolor abrumador, Enrique seguía siendo un luchador. Con una fuerza sorprendente, el Diablo Azul de Presidio golpeó con sus puños el cráneo alargado del animal primordial. Le clavó el puño derecho en el ojo. El demonio terrestre aulló.

Enrique, sintiendo un ligero alivio en la presión, golpeó de nuevo.

El Gorgón gritó de nuevo, y luego inclinó la cabeza hacia la izquierda.

Enrique voló por los aires.

¡BAAM!

La pierna de Enrique se estrelló contra el agujero cuadrado de la mezcladora de cemento. El metal le cortó la pierna, penetró en sus músculos y lo inmovilizó. Cayó al suelo, pero las fuertes contusiones ralentizaron sus movimientos. Su pierna rota estaba atrapada en la ventana de la mezcladora de cemento.

Enrique colgaba boca abajo. En su estado de debilidad, los brazos le colgaban en forma de "v" invertida. Su pierna, ahora deformada, le atrapaba indefenso contra la mezcladora de cemento modificada.

"¡Ayúdenme!", gritó, pero le falló la voz y sólo consiguió un ronco susurro.

Pudo ver al monstruo en su totalidad.

El gran sinápsido gorgonopsiano. Parecía una morsa delgada y terrestre.

"¿Por qué estás tú aquí?" preguntó Enrique.

Pasos suaves llevaron a la bestia hacia delante. La cosa apretó el hocico hacia el cielo como si intentara comprender la situación.

Al hacerlo, Enrique vio que el ojo derecho de su asesino estaba hinchado.

"Al menos no he caído sin luchar", susurró, con la voz en decrescendo por la continua pérdida de sangre. El Gorgonopsido gruñó como si respondiera al desafío de Enrique. Retiró los labios, mostrando sus colmillos manchados de rojo escarlata.

Enrique se estremeció al ver su propia sangre goteando en la boca del monstruo.

"En tus manos encomiendo mi espíritu", susurró.

La criatura saltó hacia delante, con la boca abierta, mostrando sus terribles colmillos.

Enrique había perdido demasiada sangre para gritar.

En sus últimos segundos de vida, vio cómo el Gorgonopsido devoraba sus entrañas.

Parte I

"Big Bend no admite vencedores; sólo hay supervivientes".
---Kenneth Baxter Ragsdale

Capítulo 1

Jorge Mondragón

Jorge Mondragón, agente de la policía del Parque Estatal de Texas, observaba cómo hombres con trajes blancos para materiales peligrosos trabajaban para retirar los restos de Enrique Esparza. El cuerpo de Enrique colgaba boca abajo de la mezcladora de cemento decorada, lo que hacía que el levantamiento fuera un reto difícil.

"Hacía tiempo que no ocurría algo así a este lado de la frontera", dijo Joseph Manning, policía estatal de Texas.

Jorge cerró las manos en puños, con los nudillos blancos, al pensar en las implicaciones de una posible guerra fronteriza. Giró la cabeza y escupió mientras todo su cuerpo ardía de rabia. Antes de graduarse en la Academia de Guardas de Caza de Texas, Jorge había pasado veinte años en la Guardia Nacional del Ejército de Texas, la mayor parte del tiempo en el 1er Batallón del 143 Regimiento de Infantería Aerotransportada. Entre catástrofes estatales y despliegues de combate, Jorge había presenciado escenas espantosas.

Pero esta imagen macabra eclipsaba el pasado.

Enrique había sido inmovilizado contra la mezcladora de cemento y luego desgarrado. La pierna izquierda cayó dentro mientras desgarraban su cadáver, intentando liberarlo.

"Tenemos algo más aquí detrás", gritó uno de los trabajadores.

Algo golpeó la pared interior de la mezcladora de cemento.

Las manos de Jorge agarraron la empuñadura de su Glock.

"¡No te preocupes!", dijo el hombre más cercano a la mezcladora de cemento, mirando hacia el interior. *"¡Es solamente un gato!"*

"¿Cómo demonios ha entrado un gato ahí?", gritó el policía estatal de Texas.

"Tengo que ver esto", dijo Jorge, caminando hacia la abertura cuadrada manchada de sangre. Miró dentro.

Una gran bola peluda le golpeó en el pecho. Involuntariamente, tomó al gato en brazos.

"Hola, gruñón". Joseph Manning palmeó la espalda de Jorge. "Parece que le gustas tú".

El gato ronroneó y apretó la cabeza contra el pecho de Jorge.

"No me gustan los gatos", Jorge puso los ojos en blanco.

"Vaya, Jorge", se burló Manning. "Tú tampoco eres una persona muy sociable".

Después de graduarse en la Academia de Guardas de Caza del Estado de Texas en Hamilton, Jorge había elegido trabajar en Big Bend. Había elegido el lugar, no sólo por la belleza del desierto, sino porque la inmensidad de la zona le permitía evitar a las personas.

"Hay que sacrificar a este gato". La cara de Jorge se torció de disgusto.

"Ah, ¿sólo porque invadió tu espacio personal?". Manning se rió.

"¡No!" Jorge levantó al gato para que Manning lo viera. "Mira".

Trozos de sangre se aferraban a los bigotes del gato. Durante su estancia en la Guardia Nacional, Jorge había sido enviado a misiones en el interior del país, entre ellas las de socorro en caso de huracanes. Durante esas misiones, aprendió que, si un animal doméstico se comía a una persona, había que sacrificarlo.

"Tú no sabes que el gato en realidad... se *comió* a Enrique", se detuvo Manning, con la cara desencajada. "Es la única cosa que he visto con la que te llevabas bien, Jorge".

El gato siguió ronroneando y frotando la cabeza contra Jorge. Jorge levantó una mano y acarició la cabeza del gato.

"Ves, esa cosa es buena para ti", dijo Manning.

Jorge apartó la mano como si estuviera quemado y, tomó al gato, lo metió en el vehículo. Encendió la camioneta, permitiendo que el aire acondicionado mantuviera al gato a salvo.

"Todavía no sabes si ese gato hizo lo que crees que hizo", dijo Manning.

"No puedo correr el riesgo. No quiero a esa cosa correteando por mi parque".

Manning levantó las cejas. "Los gatos muertos no son nada comparado con lo que podríamos estar viendo".

Jorge suspiró. "En eso estoy de acuerdo contigo".

Capítulo 2

Jorge Mondragón

El gato permaneció en el vehículo de Jorge hasta que terminó su parte de la investigación. A pesar de la necesidad de destrucción del gato, había permitido que el animal subiera a su camioneta con el aire acondicionado encendido.

Jorge abrió la puerta de su camioneta y subió.

¡*PUM*! Cerró la puerta de golpe.

"¡Guau!" gritó Jorge cuando el gato cubierto de estiércol saltó a su regazo. Sus ojos se desorbitaron al estudiar al felino mientras ronroneaba con furia motora.

"La mayoría de la gente me deja mucho espacio", dijo Jorge.

Como si dijera: *"Pero yo no soy la mayoría de la gente"*, el ronroneo del gato se hizo más fuerte. Frotó su cuerpo contra el pecho de Jorge, dejando largos mechones de pelo clavados en su chaleco.

Jorge suspiró. Y con manos lentas y vacilantes, acarició al gato.

"Vaya día, señor Gato", dijo Jorge.

Se quedó mirando por la ventana. No era sólo la horrible muerte de Enrique. No, era el cansancio. Jorge estaba cansado.

"Soy demasiado joven para sentirme tan viejo", dijo. Le crujieron las rodillas al estirar las piernas. Al moverse, la cola del gato chasqueó de izquierda a derecha. Jorge puso las manos sobre el gato para empujarlo hacia un lado.

El gato mordió juguetonamente a Jorge.

"No te pongas demasiado cómodo", le dijo, mirando al gato en el asiento del copiloto. "Mañana te espera el Gran Adiós".

El gato hizo caso omiso de la información, y en su lugar ronroneó y rodó en círculos.

"¿Hay algo en mí... que tú puedas ver, pero nadie más pueda?, dijo Jorge, "No soy precisamente cariñoso".

Jorge no podía llevar al gato a la consulta del veterinario hasta el día siguiente por la mañana.

"Vámonos a casa, señor Gato", dijo Jorge y puso el vehículo en marcha.

***

"Señor Gato", Jorge levantó al gato, abrió la puerta de su unidad y empezó a caminar hacia su casa. "Estoy tan cansado que estoy dispuesto a dejar que un delincuente carnívoro como tú se quede en mi casa".

Sujetando al gato con la mano izquierda, se dirigió a la residencia que le proporcionaba el parque, abrió la puerta y entró.

"Tiene suerte, señor Gato", Jorge llevó al gato hacia su lavadero. "Si me hubieras conocido antes, habrías pasado la noche en una casa flotante en los muelles del lago Fantasma".

Dejó caer el brazo. El gato saltó hacia delante, ronroneando.

"Genial", gruñó Jorge. Miró al gato. No era zoólogo, así que no podía describir las emociones de un gato, pero cuando el felino rodó en círculos, temió que fuera una muestra de gratitud.

Apretó los dientes. El Sr. Gato *tenía* que ser sacrificado.

Mirar al animal sólo le recordaba a Jorge lo ocurrido en el parque. "Enrique era un buen chico", dijo en voz alta. "Uno de los mejores".

Pero el respeto de Jorge por Enrique y el amor por su ciudad se les había escapado a todos. Jorge había visto las carreras de campo traviesa de Enrique. Había visto la tenacidad con la que el adolescente esprintaba al cruzar la línea de meta, desmayado por el máximo esfuerzo. Pero Jorge no sonreía mucho. Podía ser visible en la comunidad, pero como él mismo decía, no era precisamente "cariñoso". La mayor parte del pueblo se había sentido ligeramente intimidada por el nuevo y extraño agente de la ley que se había instalado en la zona.

"El estilo de Enrique no era de corredor", susurró Jorge. "Era un competidor—un luchador".

Los atletas naturales podían correr, independientemente de factores externos, pero Enrique no. A Enrique le gustaba competir. En cuanto a correr, era un cazador de cabezas, perseguía a sus rivales y hacía sufrir a su cuerpo mientras aumentaba la velocidad para adelantarlos.

"*Pero* si ocurre lo que creo que ocurrirá", se dijo Jorge, "no será el único niño bueno que perdamos".

Jorge Mondragón se estremeció ante las implicaciones. Las organizaciones criminales de Centroamérica eran más potentes que la mayoría de los actores estatales. Los líderes militares y los grupos de reflexión política habían debatido los beneficios de la guerra ante la creciente amenaza.

La guerra.

Mientras la Gran Guerra arruinaba Europa, la Guerra de la Frontera Mexicana o Guerra de Bandidos mantenía el terror y la guerra en suelo norteamericano. Duró de 1910 a 1919 y en ella murieron casi mil soldados de Estados Unidos y México.

Eso había sido con tecnología de principios de siglo, pensó. ¿Cuántos soldados más morirían ahora en una guerra fronteriza?

Por supuesto, Enrique merecía justicia, pero el conflicto podría costar aún más vidas. Jorge miró la pulsera negra que le rodeaba la muñeca. Todo su cuerpo empezó a temblar.

"¿Sabes qué?", dijo en voz alta. "Creo que tengo una respuesta para esto".

Cerró los ojos y respiró hondo—controlando la respiración, inspirando durante cuatro segundos, aguantando el mismo tiempo y soltándolo. Sintiendo que su cuerpo volvía a la normalidad, se levantó y regresó al lavadero.

"Mañana podré sentirme mal por tu destrucción". Levantó al gato del suelo del espacio confinado. Debería haber llamado a control de animales. Pero las imágenes manchadas de sangre le habían distraído de seguir los procedimientos.

"Pero esta noche, señor Gato", dijo Jorge. "Quiero un amigo".

Capítulo 3

Jorge Mondragón

Jorge se despertó con el violento silbido del gato. El gato burlón saltó sobre la cama de Jorge, recorriéndole el pecho antes de rebotar y meterse en el armario.

"*No sé* si eso es lealtad", dijo, palpándose el pecho. "*Pero* supongo que es una advertencia".

Jorge hizo una mueca de dolor ante los pequeños cortes producidos por las garras del gato. Sus años de entrenamiento táctico le habían enseñado cuándo y dónde ignorar los detalles y cómo no pensar demasiado las cosas, pero que un animal reaccionara de forma extraña siempre era un fuerte indicio de mal augurio.

Pero, ¿por qué no se está volviendo loco Roboam? pensó.

En la zona de Big Bend vivían burros salvajes. Jorge cazó uno y lo mantuvo en su propiedad como detección temprana. El rebuzno de la bestia le servía mejor que cualquier sistema de seguridad y requería menos mantenimiento.

Pero ahora, Roboam permanecía en silencio.

Jorge se levantó de la cama de un salto. Se puso la ropa y las botas, cogió su Glock y su linterna y, en una excelente posición de seguridad, se dirigió a la puerta principal.

En el pasado, los inmigrantes que evitaban la entrada legal habían pasado por esta zona, y algunas veces habían llegado hasta su casa en busca de agua.

El terreno era duro y formaba gente dura. La gente dura podía ser buena o mala, pero la seguridad personal era primordial en una zona aislada como ésta. Miró a través de las persianas, intentando reducir su presencia todo lo posible. Entonces, al no ver ninguna amenaza inmediata, Jorge abrió la puerta y salió. Se adentró en la noche, bajo el cielo violeta plagado de estrellas.

Aunque sentía un hormigueo en la columna vertebral, su cerebro racional no acababa de ver el problema. Pero a pesar de la falta de pruebas, Jorge podía decir—no, *sentir*—que algo era diferente.

Exploró la zona. Primero miró hacia el cielo, en busca de anomalías. Finalmente, su mirada se posó en el suelo. Estudió la arena y los sedimentos bajo sus pies.

"Ahí", dijo. "Eso es lo que es diferente".

Jorge se rascó la cabeza mientras estudiaba la señal. El suelo parecía las olas del océano. La arena se arqueaba hacia arriba; pequeñas rocas se apretujaban a los lados de la zona aplanada. Era como si alguien hubiera arrastrado un barril por el suelo o hubiera intentado planchar la arena, pero como resultado, los sedimentos se iban a ambos lados.

Pero aún más extraña era la falta de señales de Roboam. Había llegado a la esquina de Roboam, donde solía encontrar al asno. Empezó un patrón de hoja de trébol a partir de las olas de arena, buscando cualquier evidencia de Roboam.

"Bingo", dijo mientras bajaba la linterna más paralela al suelo. Al inclinarla, pudo ver las diferencias en el ángulo de la arena que creaba la huella. Vio el signo circular y la arena prensada que formaba un halo a su alrededor.

"Parece un ángel de nieve de burro", se rió. Justo encima de las huellas de Roboam se veía la huella del perfil de la criatura.

"Así que", Jorge dirigió su linterna hacia las olas, "algo se estrelló contra el suelo. Roboam estaba justo aquí". Iluminó las marcas de las pezuñas antes de volverse hacia el "ángel de nieve".

"Y entonces, justo aquí, Roboam desaparece".

Durante la hora siguiente, Jorge recorrió su propiedad en círculos y, a pesar de la hora de la noche, llamó a su bestia. Para el ojo inexperto, Jorge estaba mirando tierra. Pero cuando se trataba de cortar señales, Jorge Mondragón era un Sherlock Holmes tejano. Los forenses formados en Scotland Yard se habrían quedado asombrados ante sus habilidades de investigación. Dirigió su linterna, manipulando sus propiedades iluminadoras.

Inclinó la cabeza hacia el suelo. Los trozos de tierra parecían ahora grandes montañas, en las que cada surco se transformaba en espolón y cada dibujo contaba una historia diferente. Pero a pesar de ello—a pesar de su pericia:

Jorge Mondragón no encontró nada.

El suelo parecía haber sido aplanado. Como si una sábana gigante se hubiera estrellado contra la tierra, borrando cualquier rastro. Se sabía que los contrabandistas y los emigrantes caminaban con zapatos alfombrados o ataban pezuñas de bovino a sus botas. Pero cuando se cubría una señal—se creaba otra. Buscó en la tierra aplanada en vano.

Roboam había desaparecido.

Jorge se rascó la cabeza, apagó la linterna y regresó a su casa. Roboam no había sido una criatura pequeña. Medía metro y medio y tenía unos gruesos músculos equinos.

"¿Robo de burros?", negó con la cabeza.

El robo de ganado y caballos ocurría en estos lugares, pero Roboam había sido un burro salvaje. La gran bestia había sido uno de los burros salvajes de Big Bend antes de que Jorge lo capturara y lo domara. Había programas que permitían a la gente capturar y poseer estas criaturas.

"¿Por qué robarme el mío?", se preguntó en voz alta al entrar en su casa. "¿Cómo ha podido desaparecer un animal de casi 500 kilos?"

Capítulo 4

El Gorgon

El lo creado—el gran replicante gorgonopsido—se lamió los colmillos como dagas, saboreando este extraño sabor nuevo. El aroma era tan fuerte que podía saborearlo.

Las palabras y las emociones humanas no podían describir el sabor. El monstruo estaba caliente. Podía sentir el sabor de la sangre en todo su cuerpo. Había probado carne humana antes—pero nunca así. Antes, no había sido un desafío. Había consumido las almas—atadas y amordazadas.

Pero Enrique era diferente.

Enrique había sido un luchador. La sangre de los Tarahumara había corrido por sus venas. Los tarahumaras—los grandes guerreros que nunca se sometieron a sus opresores conquistadores, sino que lucharon y construyeron su hogar en el duro desierto de Chihuahua.

Pero la familia de Enrique no se había quedado en México. Se habían ido al norte para obtener la ciudadanía en la Gran República Americana. Encontraron una nueva patria adoptiva, los Estados Unidos, la nación que había enviado 3.000 soldados—la Legión de Honor Americana—para ayudar a Benito Juárez a derrotar a sus opresores franceses y que había ayudado a Cuba a librarse de los grilletes del imperialismo español. La Nación cuyos ideales habían insuflado vida en los corazones de hombres como Simón Bolívar y Don Miguel Hidalgo y Costilla.

El espíritu de lucha de la cultura de Enrique se había hecho aún más fuerte cuando se convirtieron en tejanos. Una tenaz combinación—el temple del invicto pueblo tarahumara con el espíritu cultivado por su patria tejana.

Y ese espíritu—esa negativa a rendirse—no había hecho más que, ¡endulzar la matanza!

La mayoría de los devoradores de hombres, como los tigres, los leones y los tiburones, matan confundiendo a su objetivo o cambiando de presa.

Pero mientras a los demás la carne humana les parecía antinatural, a la criatura le creaba un nuevo deseo. Su mente, todo su cuerpo, vibraba de excitación.

No era simplemente hambre:

Era lujuria.

Capítulo 5

Jorge Mondragón

Jorge ralentizó la marcha al acercarse a la manada de bóvidos que se agolpaba en la FM 170 Este, cerca del Alto y Bajo Madera. Apenas había bajado las ventanillas. Su formación táctica le había enseñado a bajarlas ligeramente, pero no del todo, lo que le permitía oír y oler.

"Esto es extraño", dijo Jorge. Aunque el ganado caminaba por la FM 170, normalmente no subía por estas zonas más complejas. Jorge se estremeció. ¿Debía dejar su vehículo para explorar el mejor camino o seguir conduciendo?

Aquí no pasa nada. Comenzó a zigzaguear con su camioneta entre los obstáculos orgánicos que obstruían el camino.

"¡Socorro!", gritó una voz.

Jorge escudriñó la zona. Vio a un hombre alto, pelirrojo y con una barba canosa. Jorge encendió las luces del techo para hacerle saber que le había visto.

"Lo ha atrapado", dijo el hombre, señalando la escarpada montaña que había junto a ellos, "y luego lo ha tirado hacia arriba".

El hombre gesticuló de forma enloquecida y señaló hacia el cielo.

Jorge aparcó la camioneta, sacó las llaves y se acercó al hombre. "¿Qué está pasando—?"

Una vaca mugió.

"Me llamo Brody Jennison", dijo el hombre, y luego siguió señalando hacia arriba. "Mi amigo—lo han atrapado".

"¿Quién hizo qué?"

Brody sacudió la cabeza: "No, no 'quién', sino 'qué'".

Jorge se inclinó hacia delante, olfateando el aire.

"Es un vape", Brody levantó su objeto. "No estoy drogado".

"¿Qué es lo que intentas decir tú?".

"Digo que no era una persona". Brody se tapó los ojos con la mano. "Un animal—vino de la montaña, agarró a mi amigo y volvió a subir corriendo".

"¿Por ahí arriba?" Jorge señaló el acantilado casi vertical del cañón.

"¡Sí!" gritó Brody. "¡Algún tipo de animal!"

¿Un animal? pensó Jorge. Aunque el ascenso de cualquier criatura por aquel acantilado era imposible, no pudo evitar pensar en el cuerpo de Enrique. Los cárteles sí demostraban ese nivel de violencia, pero una criatura real, en este caso concreto, podría tener más sentido.

"¡Vamos a buscarlo!" Brody dijo. "Vi a la criatura. Llévame por el parque".

"¿Qué?", Jorge levantó las manos. Se le retorció el estómago mientras el hombre pedía acceso a su camioneta.

"Mi amigo", dijo Brody.

"¿Era un oso?"

Brody resopló. "No".

"¿Un puma?"

"Algo parecido".

"¿Qué significa eso?"

"Significa, tal como dije. Algo... raro... una cosa desconocida... pero aun así... algo familiar".

El ganado siguió mugiendo.

"¿Qué quieres decir tú?" preguntó Jorge.

"Como..." Brody se pellizcó la piel. "Como... en tu subconsciente...".

Jorge se inclinó hacia delante y olfateó el aire. Se le llenaron los ojos de dolorosas lágrimas cuando un olor familiar a zorrillo le picó en las fosas nasales.

TERROR EN BIG BEND

"¿Estás drogado?" preguntó Jorge.

"¿Qué?" gritó Brody. "No... quiero decir... esa no es la cuestión".

Jorge suspiró y sacudió la cabeza. "Date la vuelta y pon las manos en la parte baja de la espalda".

Brody suspiró y se dio la vuelta. Jorge le agarró las esposas y empezó a caminar hacia delante.

De repente, Brody comenzó a correr. El polvo salió disparado hacia el cielo mientras sus pies golpeaban el suelo a un ritmo frenético.

"*¡No se mueva!*" gritó Jorge y comenzó a correr tras Brody.

Jorge saltó por los aires—un placaje de bella forma—y estampó a Brody contra el suelo. La cabeza de Brody rebotó contra el suelo desértico cubierto de grava. Manchas de sangre salieron disparadas al aire. Jorge siguió empujando a Brody y le tiró de una mano hacia atrás, clavándosela en la parte baja de la espalda.

Brody—a pesar de la fuerza de Jorge—le soltó la mano.

"¡Espera!" gritó Brody. "¡Espera!"

Jorge colocó unas esposas alrededor de la muñeca de Brody.

"¡Mira!" Brody gritó. "Sólo dame un segundo—"

Jorge tiró de la otra mano hacia atrás.

"¡Detente!" Brody gritó.

"Cálmate", susurró Jorge.

"¡Ya está!" Brody escupió un glóbulo de saliva que salpicó el suelo. "¡Mira eso!"

Jorge dio un respingo, esperando ser golpeado. Se echó hacia atrás y su mano quedó inerte. Soltó el agarre y se levantó.

"¿Qué haces tú?", gritó Brody. Luego, su voz se suavizó. "¿Qué haces tú?".

Jorge se apartó de Brody y se arrodilló junto al escupitajo. Sacó la linterna de su cinturón y la orientó perpendicularmente.

La luz golpeó el suelo, haciendo que las minúsculas partículas de arena parecieran montañas.

"No tiene ningún sentido", murmuró Jorge.

Brody se retorció sobre su estómago: "Ahora, ¿me crees?".

Jorge mantuvo los ojos en el suelo.

"¿Vas a hacer como Derek Chauvin y dejarme morir esposado?", espetó Brody.

"Por mi seguridad y por la tuya", suspiró Jorge, "debería mantenerte esposado, pero...".

Jorge estudió el suelo. Una huella gigante marcaba la tierra. El taconeo era redondeado, casi felino, pero cinco garras, similares a las de un oso, presionaban contra la arena. Pero, aunque la extraña huella tenía similitudes con la de un oso, incluso a la de un oso polar era más pequeña.

"¿Tú has visto esto?". Jorge señaló la huella.

Brody asintió.

"Bueno", dijo Jorge, mirando fijamente la huella. "Vamos a buscar a tu *amigo*".

Capítulo 6

El Gorgón

El Gorgón llevaba al amigo de Brody, Tennyson Johnston, en su boca manchada de sangre. Mientras más se adentró el monstruo en el desierto de Chihuahua, con el cuerpo inerte de Tennyson. Sus grandes dientes de sable inmovilizaban al californiano.

Tennyson no estaba muerto—todavía no. La saliva espesa del monstruo primordial penetraba en las heridas de Tennyson, impidiendo que el hombre muriera.

El monstruo no podía explicarlo, pero este hombre con las venas llenas de THC sabía diferente. Los sentidos de la criatura no cambiaron, pero notó todas las sensaciones asociadas. No se limitó a saborear la sangre de este hombre; sino que el olor a hierro irrumpió en sus fosas nasales. Otras sustancias químicas, como la adrenalina y las asociadas al shock, añadieron sabor al hombre medio muerto.

"Sólo... mátame", susurró Tennyson Johnston entre labios lacerados.

Los ojos del Gorgón se encendieron con celo ante los chillidos del hombre drogado. A esta creación misteriosa, el replicante sinápsido, le habían dado gustos curiosos. Había aprendido que prefería la carne humana, pero no la que le daban de comer, como en el pasado. No, en realidad le gustaba cazar. Quería que su presa estuviera viva.

Y este hombre no sólo tuvo que intentar huir, sino que fue condimentado con el extraño narcótico. Todo el cuerpo del leviatán terrestre temblaba de excitación. Se había atiborrado y no podía comerse al hombre ahora, pero su sabrosa piel era demasiado grande para dejarla escapar. El Gorgón podía almacenarlo, dejar que el hombre intentara escapar y afilar sus habilidades de una forma idéntica a la de un gato o una orca. La saliva goteaba de su boca a medida que crecía su excitación. El hombre medio muerto tosió mientras una masa viscosa goteaba sobre su cara.

El Gorgón miró hacia el cielo, buscando su rastro. Luego, con Tennyson aún en sus garras, emprendió la marcha hacia El Solitario—el volcán que domina Big Bend.

Capítulo 7

Jorge Mondragón

"Jorge sacudió la cabeza y miró a Brody, que estaba sentado en el asiento del copiloto de su unidad de policía. "Debo de estar convirtiéndome en una especie de corazón sangrante".

Brody ladeó la cabeza hacia Jorge, inspeccionando al agente del orden. "Realmente lo dudo, guardia".

"Es Oficial", Jorge señaló su placa.

"Bueno, si vamos a ponernos técnicos", Brody se quitó el polvo imaginario del hombro, "soy doctor en medicina veterinaria".

Jorge se echó a reír. Sintió que los músculos de su estómago se apretaban contra el chaleco blindado que llevaba bajo la camisa.

"*¡No me jodas!*", Jorge resopló.

"Antes de que me impusieran esta vida", la voz de Brody se suavizó y miró por la ventanilla del acompañante.

"No, no eras tú", Jorge negó con la cabeza. "Como agente de las fuerzas del orden, estoy entrenado para escuchar a mi instinto y mi instinto me dice que eso no tiene sentido".

"Mmm". Brody se rascó la barbilla. "Es bueno que escuches a tu instinto. Pero ese enfoque de sentido común tiene sus defectos. Si piensas así, sólo te limita la experiencia".

"Ah, ¿acabas de hacer caso a tu mente?", se rió Jorge. "¿No crees que la señorita María Juana te ha hecho un poco de daño?".

"No me he ido del todo", Brody negó con la cabeza.

"Sammy Davis Jr. tenía razón", dijo Jorge.

"¿Sammy Davis Jr.?", preguntó Brody. "Ahora lo que dice no tiene sentido, agente".

"Yo escucho sobre todo bluegrass y *norteño*. Pero esa canción, Mr. Bojangles", sonrió Jorge. "Trata de un hombre en la cárcel hablando de la vida... del panorama general. Trata de las conversaciones filosóficas que se producen después de que alguien es encarcelado".

"Pero yo no estoy en la cárcel", dijo Brody.

"Sólo porque necesito tu mente. *Pero*, dime, ¿qué estabas a punto de decir?"

"El mundo médico trató mi lesión de espalda. Me dieron analgésicos. A diferencia de ti, yo no me basé en la experiencia, sino en la ciencia. Aquellos en los que confiaba me recomendaron medicamentos fuertes, y..."

"¿Te volviste adicto?", dijo Jorge.

Brody asintió. "Marihuana me liberó de mi adicción".

"Muy interesante".

"No". Brody siguió mirando afuera. "Triste. Yo no quería este estilo de vida. No para mí. Y especialmente no para mí..."

El estómago de Jorge se debilitó a medida que la conversación se hacía más personal y profunda.

Deberías estar poniendo carteles, pensó Jorge. Había evitado a la gente durante mucho tiempo. Mientras estuvo en el ejército, Jorge había estado rodeado de soldados por un largo periodo de tiempo. Había compartido trincheras y utilizado duchas públicas. Cuando se retiró, se había propuesto quedarse solo. Y allí, durante un tiempo, se había convencido a sí mismo de que era bueno.

Intentando permanecer discreto, Jorge miró a Brody por el rabillo del ojo.

La realidad es que extrañaba una buena conversación, y aquel supuesto ex doctor en veterinaria y actual muerto de hambre se la proporcionaba. Agarró la linterna del cinturón y bajó la ventanilla. Encendió el aparato y lo orientó hacia el suelo.

"¿Qué estás haciendo tú?" Brody gritó.

"Buscando huellas—"

"¡Tú no puedes hacer eso! He visto esa cosa. Te arrancará del auto". Brody lo agarró por el brazo.

Esto me pasa por confiar en la gente, pensó.

"¡Coño cálmate!", gritó Jorge.

"¡Cierra la ventana!", gritó Brody y siguió tirando del brazo de Jorge.

Jorge pisó el freno de golpe. Estaciono la camioneta. Se desabrochó el cinturón de seguridad, pero no se lo quitó del todo porque se movía muy deprisa. El cinturón aún le colgaba del chaleco, justo debajo de la barbilla.

Jorge empujó el pecho de Brody con ambas manos, inmovilizándolo contra la camioneta.

"No quería esposarte", empezó Jorge.

"¡La ventanilla! ¿Por qué la bajaste tú?".

La voz de Brody se convirtió en gritos incoherentes mientras agitaba las manos de forma errática.

Y a pesar de este caos, a pesar de los movimientos y gritos desquiciados de Brody, Jorge oyó algo:

Las pesadas pisadas contra el escarpado terreno tejano.

Algo se acercaba.

Con Brody aún inmovilizado, Jorge se volteó para ver el ruido que se acercaba. El cinturón de seguridad le arañó la barbilla mientras miraba al exterior.

Las pisadas se hicieron cada vez más fuertes.

¡PUM!

Una fuerza descomunal e imparable se estrelló contra la camioneta de la policía. El vehículo se levantó, balanceándose sobre los neumáticos del lado del pasajero. Durante lo que pareció una eternidad, la camioneta se puso de punta. El cinturón de seguridad arañó la barbilla de Jorge.

¡PUM!

Algo golpeó la camioneta por segunda vez. Esta vez, no hubo balanceo. El gran vehículo de la Policía de Parques se golpeó contra un costado antes de caer. Aterrizó con el techo en el suelo.

En el caótico ciclo, el cinturón de seguridad rodeó la garganta de Jorge. El peso de su cuerpo chocó contra el cinturón de seguridad. Se le clavó aún más en la garganta, silenciándolo.

"Ayúdame", intentó decir en un horrible susurro entrecortado.

Pero era demasiado tarde. El oxígeno se escapaba de su cuerpo. En sus ojos entrecerrados irrumpieron tintes de tecnicolor.

Con el conocimiento desvaneciéndose, Jorge manoseó su chaleco, buscando su cuchillo.

Si pudiera cortar el cinturón.

Pero a medida que se movía, el cinturón se apretaba más. El mundo entero se oscureció.

Jorge cerró los ojos de golpe.

Parte II

"El desierto azotará tu alma". - Edward Abbey

Capítulo 8

Jorge Mondragón

"Denle un poco de espacio", dijo una voz con un fuerte acento de las tierras bajas de Texas.

Jorge abrió los ojos. Estaba acostado en el duro suelo desértico del parque estatal Big Bend. Varios desconocidos se inclinaban sobre él, mirándole en su vulnerable estado.

Jorge se levantó de esa posición de cadáver en ataúd. Buscó su Glock, pero se encontró con que la funda estaba vacía.

"¡Hola!", gritó una voz. *"Estás con amigos".*

Jorge miró a su alrededor con los ojos desorbitados.

Había cuatro hombres a su alrededor.

"Somos amigos", dijo un hispano calvo con bigote y una barba de candado pintada con gel espeso parecido a la pintura. Llevaba un uniforme de camuflaje digital con guantes de nitrilo azules.

"Conozco este parque". Jorge se tocó la garganta. Hizo una mueca de dolor cuando sus dedos recorrieron las laceraciones de su garganta. "Pero a ti no te conozco".

"Bastante bien". El hombre se quitó los guantes azules de nitrilo y extendió la mano derecha para estrecharla. "Me llamo Everett Pacheco. Mis compadres me apodaron 'Mostacho'".

Jorge buscó en sus entrañas, tratando de encontrar la respuesta correcta. Con gran vacilación, aceptó el apretón de manos de Mostacho.

"Muy apropiado", dijo Jorge. "¿Fuiste tú quien me salvó?".

"No", sonó la voz del hombre con lo que Jorge supuso que era acento del Valle del Río Grande. "Tu amigo de allí. Él te sacó, te mantuvo a salvo y nos hizo señas".

"Mi...", Jorge se ajustó el cuello, "*¿amigo?*"

Jorge no había sentido que había hecho amigos desde que se retiró de la Guardia Nacional. Ahora, un extraño no sólo se había hecho su amigo, sino que también le había salvado la vida.

"Sí, ese tipo de ahí". Mostacho señaló a un hombre blanco, alto y espigado, con el pelo pelirrojo despeinado y una mancha en el rostro bajo el labio inferior. Llevaba pantalones de jeans y botas azules, una camisa grande con estampado de corbata y un signo de la paz.

"¿Brody?" La voz de Jorge llegó hasta la clave de sol. "¿Me salvó?"

"Habrías estado perdido", dijo Mostacho. "Tienes suerte de tenerlo cerca".

Jorge esbozó una sonrisa incómoda y asintió con la cabeza hacia donde estaba Brody. Y Brody le devolvió el reconocimiento.

"Toma", le ofreció Mostacho a Jorge una jarra de agua. Éste la aceptó y se puso en pie. Echó la cabeza hacia atrás y bebió. Le ardía la garganta, pero se hidrató de todos modos.

Tragando el agua, Jorge miró alrededor del grupo.

A excepción de Brody, todos llevaban camuflaje digital. Mostacho llevaba un arma larga colgada a la espalda, pero los demás llevaban chalecos tácticos completos y escopetas colgadas.

"¿Qué hacen ustedes aquí?", preguntó Jorge. "¿Son... cazadores?".

"Mmm", Mostacho se retorció su bigote, "Supongo que se podría decir que sí".

Capítulo 9

Jorge Mondragón

"Lo primero es lo primero", dijo Mostacho, de pie junto a Jorge. "Tienes una contusión".

Jorge ignoró a Mostacho y escudriñó la zona. No estaba seguro de su ubicación exacta, pero sabía que seguían en el Parque Estatal Big Bend. Una nube rosácea pintaba el cielo cada vez más oscuro, dando una tenue iluminación a la habitación. Aún estaba determinando en qué parte del parque se había recuperado.

"¿Lo primero es lo primero?" Jorge chilló y se frotó la garganta. "Podría haberme imaginado que me habían dado una conmoción, pero esa no es la primera pregunta que me hacen. ¿Quiénes son ustedes? *¿De dónde? ¿Y qué* golpeó mi camioneta?"

"Todas buenas preguntas", dijo Mostacho.

"Y, aun así, no contestas", dijo Jorge, cruzando los brazos sobre su pecho.

"Tendrás que disculpar a mi amigo", dijo Brody, poniendo la mano en el hombro de Jorge. "Su trato con los pacientes es deficiente".

"Ya lo creo que sí", murmuró Mostacho en voz baja.

"Esa cosa que golpeó tu camioneta", dijo Brody. "Eran un par de toros".

"¿Toros?" Jorge siguió mirando a su alrededor. "¿Un par? Eso no tiene ningún sentido".

"No", se rió Brody, "no tiene ningún sentido. Pero eso es lo que era. Ese ganado se perdió, y dos toros enormes corrían por ahí también. Uno nos dejó a medio camino, y el otro acabó con nosotros".

"Y eso no va a tener ningún sentido", dijo Mostacho. "No hasta que hablemos un poco más".

Jorge lanzó una mirada escéptica a Mostacho. "Si este no fuera mi territorio—como en el Parque Estatal", dijo, "sería mucho más amistoso, pero...".

"No, tú no lo serías", dijo una voz.

Jorge se giró y vio a un hombre más alto, con el pelo color azabache hasta los hombros recogido en una coleta. En su chaleco táctico había una insignia plateada cosida con las iniciales BIA, que son las iniciales en inglés del Bureau of Indian Affairs o Buró de Asuntos Indígenas.

Jorge entrecerró los ojos, intentando leer algo más sobre el uniforme del hombre.

"Te llamas Jorge Mondragón", dijo el agente del BIA. "Intentamos ponernos en contacto contigo, pero, por desgracia, acabamos así".

"Federales", murmuró Jorge.

"Me llamo Félix American Pony. Soy de la Oficina de Asuntos Indígenas", dijo el hombre.

"¿Has estado vagando por este parque sin intentar contactar con las agencias locales?", Jorge cerró las manos en puños.

"Oye, hermano", intervino Mostacho. "Yo llamaría a esta situación... sin precedentes".

"¿Los federales se extralimitan?", Jorge se rió. "Eso no es nuevo".

A Jorge se le calentó la sangre. Cuando había servido en el extranjero en una unidad convencional, las unidades de la comunidad de operaciones especiales llevaban a cabo misiones unilaterales y desconocidas en su zona de operaciones. El contragolpe negativo recaía sobre los terratenientes. La historia se repetía ahora, con un equipo federal clandestino patrullando su parque. Se iban a destruir ranchos y tierras de labranza y él iba a tener que lidiar con las secuelas.

"Tienes razón, Mondragón, que los federales se extralimiten no es precisamente nuevo". Félix American Pony le entregó a Jorge un dispositivo similar a una tableta con pantalla protegida. "Pero esto sí".

La sangre de Jorge parecía hielo. Se estremeció cuando la sensación de ira ardiente fue sustituida por la frialdad de la conmoción. Se le revolvió el estómago y se le secó la boca.

La pantalla mostraba una imagen de la huella que había visto con Brody. El enorme y misterioso horror impreso en el suelo arenoso de Parque Estatal Big Bend.

Capítulo 10

Jorge Mondragón

Jorge tragó saliva y señaló la tableta: "¿Tú sabes lo que es esto?".

Félix Americano Pony asintió: "Sí".

"Bueno", Jorge tiró de su collar. "¿Puedes dímelo tú?".

"Como se diría en el ejército", dijo Félix, "tienes que poner tú las condiciones".

Jorge entrecerró los ojos, estudiando la alta figura que tenía delante. Félix American Pony.

El hombre medía más de metro ochenta, tenía rasgos sólidos y aguileños, pómulos pronunciados y labios finos y oscuros, casi morados. Su configuración táctica mostraba un alto nivel de profesionalidad.

"¿Todos estos tipos de aquí son de la BIA?", preguntó Jorge. "Si es así, ¿por qué ese tipo lleva una bandera japonesa en el uniforme?".

"Otra vez", dijo Félix. "Déjame poner las condiciones".

"Bien", Jorge puso las manos en las caderas. "Háblame".

Capítulo 11

Jorge Mondragón

"Tengo dos preguntas", Mostacho levantó dos dedos.

Jorge permaneció en el centro del grupo en la ubicación del Parque Estatal Big Bend. Sin puntos de referencia específicos y sin Sistema de Posicionamiento Global, no podía determinar su ubicación exacta.

"¿Qué son?", Jorge preguntó, sus ojos iban como pelotas de ping-pong entre Félix American Pony y Everett "Mostacho" Woods.

"Uno, ¿has visto esa película de dinosaurios de Steven Spielberg y, dos, sabes quién es Pablo Escobar?". Mostacho arqueó las cejas de forma casi cómica.

"¿Hablas en serio?". La cara de Jorge se arrugó como una pera podrida y espinosa.

"Lee la habitación, Mostacho", dijo Félix.

"Oca, Oca", Mostacho hizo una mueca con una expresión facial digna de meme. "Umm... Tomaré eso como un 'sí'. Pero, ¿sabías que Pablo Escobar tenía hipopótamos?".

Jorge negó con la cabeza.

"Has visto el documental de Joe Exotic, ¿verdad?", dijo Mostacho. "¿Sobre los zoológicos privados?".

Jorge asintió.

"Así que, por eso, sabemos que las criaturas exóticas y salvajes han atraído a hombres con reputaciones menos que admirables", dijo Mostacho.

Eso tiene sentido, pensó Jorge. Aunque en el condado de Presidio se habían establecido costosas y reputadas exhibiciones de animales salvajes, algunos excéntricos individuos adinerados traían criaturas como tigres y guepardos. Los animales exóticos en esta zona tampoco eran inauditos; él personalmente casi había atropellado a una llama mientras conducía por la FM 170 Este.

"¿Ustedes fueron enviados al Parque Estatal Big Bend para cazar animales exóticos?".

"*Exótico* es decirlo a la ligera", dijo Mostacho.

"Los llamamos 'replicantes'", intervino Félix American Pony.

"¿Replicantes?"

"Replicantes", repitió Félix. "Mira, me estoy aburriendo de quedarme hablando. ¿Podemos al menos conectarte tu armamento?".

"¿Por fin me devuelves mi arma?". Jorge resopló.

"Déjame en paz, Mondragón", dijo Félix, poniendo los ojos en blanco. "Ya has hecho suficiente entrenamiento de primeros auxilios. Sabes que, si uno de los tuyos está inconsciente, se supone que tienes que quitarle el arma antes de que las cosas vayan de mal en peor".

Jorge miró al suelo y pateó las rocas con la bota.

"No sólo recuperan sus armas, *también* les daremos algunas de las nuestras", dijo Mostacho.

"¿Federales?" dijo Jorge. "Ya tengo una Glock".

Mostacho negó con la cabeza: "Amigo, no somos los federales".

"Muy interesante", respondió Jorge. Todo su cuerpo se calentó con un calor casi sensual al pensar en la posibilidad de las armas y municiones.

Mostacho le dio a Jorge una palmada en el pecho con el dorso de la mano: "Ven, vamos a cargarte de armas".

Capítulo 12

El Gorgon

"Es una vista preciosa", dijo Tennyson mientras el monstruo lo arrastraba hacia el cráter púrpura. "El Solitario".

Tennyson hablaba con los labios lacerados y quemados por el viaje. Había estudiado el mapa y las fotos. A pesar del trauma físico, reconoció que habían viajado por la vía fluvial del Cañón del Fresno y luego hacia el noreste.

Con facilidad, el Gorgón podría tirar de su cabeza de izquierda a derecha y romper el cuello de Tennyson. En lugar de eso, con cuidadosa precisión, aprisionó al californiano en su boca, como una madre llevaría a su cría. El tamaño gigantesco del Gorgón le permitió acaparar al hombre en su boca.

"Me quiere vivo", conjeturó Tennyson, mientras su conciencia se desvanecía. Tanto su temperatura interna como externa superaban los cien grados.

A diferencia de Brody, Tennyson no tenía formación científica y era la primera vez que visitaba un "estado volador".

Un tiempo atrás, había visitado a su primo en Florida. Habían estado en el mar y fumado marihuana. Su primo también tenía una pitón birmana, pero la última vez que lo vio en Florida, la pitón había desaparecido.

"Tuve que deshacerme de ella, hermano", le había dicho su primo. "Demasiado cara".

"¿Cuánto te dieron por ella?" Tennyson había preguntado.

"Nada, hombre", había dicho. "Tuve que dejarla ir".

Tennyson no había pensado mucho en aquella conversación—sobre todo porque los niveles de THC habían distorsionado aquella visita en particular. Pero después había investigado sobre la pitón birmana. Personas como su primo liberaban a esas criaturas en el ecosistema de Florida y creaban el caos. No existían depredadores naturales para el reptil asiático en los pantanos de florida, por lo que sus acciones en los Envergadles habían quedado sin control. Empresarios y conservacionistas habían formado una incómoda alianza para frustrar el daño ecológico. Hombres y mujeres valientes se adentraron en los Everglades y trabajaron para reducir el impacto de la gran serpiente.

"Pero las pitones birmanas no cazan humanos", dijo Tennyson en voz alta, entre sus labios magullados y ensangrentados.

Aún no se había determinado el impacto negativo de las pitones en el sistema ecológico de los Everglades. Pero con esta criatura era diferente. No había variables. Tenía un resultado definido y determinado. Si este monstruo—el gran sinápsido Gorgón—seguía viviendo, aterrorizaría la vida dentro de Big Bend.

La ganadería y la agricultura quedarían en ruinas. Se destruirían ranchos y granjas que vienen de generaciones. Las acciones incontroladas del monstruo aplastarían la economía de la zona. Esta devastación establecería las condiciones para resultados horribles. La desesperación engendraría tentaciones...

Y el monstruo continuaría cazando.

"La gente morirá".

Capítulo 13

Jorge Mondragón

"Esa sí que es una vista fea", se rió Jorge mientras miraba la oxidada casa rodante. "Pero también es bueno saber dónde estoy".

Félix y Mostacho guiaron a Jorge hasta una casa rodante abandonada dentro del Parque Estatal Big Bend. De su tiempo como oficial de policía del parque, Jorge sabía que ahora estaban al sur del Chorro Vista.

"Fuera de ella es bonita, sin embargo", dijo Mostacho.

"*Sí*", respondió Jorge, mirando las suculentas del desierto y las flores silvestres de color púrpura que adornaban el escarpado terreno y su enigmática belleza. "Pero me da un poco de miedo que Bryan Cranston se quede sin esa cosa".

"Hombre", Félix sacudió la cabeza, "ojalá estuviéramos luchando contra la metanfetamina".

Mostacho llegó primero a la casa rodante y abrió la puerta de un tirón. A Jorge se le apretaron las tripas. Además de su reciente conmoción cerebral, ahora estaba entrando en una casa rodante con dos completos desconocidos después de oír una historia que no tenía ningún sentido.

Jorge sabía pensar con las entrañas. Sabía que tenía que seguir sus instintos, pero los nuevos hechos le empujaban a seguir adelante.

Jorge suspiró.

"¿Qué pasa?", preguntó Mostacho.

"Supongo que es lo que pasa", rió Jorge.

"¿Qué es eso?", preguntó Mostacho.

"Armas", Jorge se encogió de hombros.

"¿Armas?"

"Para que me meta en un sitio raro con desconocidos", Jorge negó con la cabeza.

"Y por lo visto es lo único que te hace sonreír", reprendió Félix.

Mostacho señaló al interior: "Ahí dentro tenemos pistolas Desert Eagles".

A Jorge se le iluminó toda la cara. Sintió todo un caleidoscopio de mariposas en el estómago. Con pies ligeros, subió las escaleras.

Dos hombres estaban dentro.

Un hombre alto, hispano, de pelo canoso, vestido de forma similar a sus compatriotas, pero sin la chaqueta ni el equipo. Llevaba una camisa de materiales sintéticos, un marcado tatuaje de tigre en el bíceps derecho y "1824" tatuado en el antebrazo. A su lado había un hombre caucásico que no llevaba el camuflaje digital de inspiración militar, sino el estilo de los cazadores de patos, con una gorra negra estilo camionero. El hombre de la gorra de camionero llevaba guantes azules de nitrilo y limpiaba los componentes interiores de varios sistemas de armas con un vigor indescriptible.

"Qué tal", dijo el hombre hispano.

"Hola", dijo el segundo.

Jorge torció la boca, luchando por disimular una sonrisa burlona.

"Así que", Jorge se cruzó de brazos, "¿ustedes son los tipos que se supone que tienen que conquistarme?".

"¿Quieres ver mi Taurus Raging Bull?", dijo el hombre de gorra de camionero, mostrando el revólver de cachas negras y cromadas, modificado con una mira negra.

"Sea lo que sea a lo que te enfrentas, parece una excusa para conseguir las armas más grandes y extravagantes posibles", dijo Jorge.

"Llamémoslo simplemente 'buena puntería'", respondió Félix. "La munición adecuada para el problema adecuado".

"Pero", intervino Mostacho, "estas armas son geniales. Cuando te enfrentas a uno de esos repugnantes replicantes, tienes que sacar la artillería pesada, ¡la de verdad! Debido al gran tamaño de la criatura, aunque le des en el corazón, tardará unos minutos en caer y en dejar de sangrar. Y sí, los visores de estas piezas tan potentes también tienen sentido. Tú quieres que esas balas impacten en el mismo sitio, una y otra vez, hasta que ese bicho no mueva un músculo".

"De acuerdo", dijo Jorge. "¿Pero qué diablos es eso?"

"¿Esto?", preguntó el hombre de la gorra mientras levantó un palo largo y negro. "Es un palo de escopeta. También llamada escopeta prescindible con cargador personalizado del calibre 12".

Jorge entrecerró los ojos mientras miraba otro artilugio.

"¿Eso es un..."

"¿Lanzallamas bajo el cañón?" El hispano levantó una Remington 870 DM con un accesorio bajo el cañón.

"Umm..." Jorge señaló otra arma sobre la mesa. "Estaba apuntando a esa pieza rusa de allí".

"Ah", el hombre de la gorra de camionero levantó una escopeta compacta de cañón negro con una delantera de color tostado desértico y culata sólo con empuñadura de pistola. "Esta es una KS-23... en nuestro análisis, pensamos que no debíamos ponerle ningún aditamento".

"Espera", Félix levantó ambas manos, "presentemos primero a estos chicos".

"Creo que estamos bien", dijo el hombre de la gorra de camionero.

Félix suspiró. "El hombre con la ropa de patrón de pato que sostiene el KS-23 es Bill Bosworth. El diseño del equipo se basa en el modelo del Equipo Alfa de las Fuerzas Especiales. Aunque no tenemos suboficiales, él es nuestro experto en armas. Pasó su tiempo como un arma de alquiler en la caja de arena, metiéndose en problemas en Afganistán e Irak... También sirvió como instructor de armas de fuego en Oklahoma. Se hizo grande y famoso en el Estado de los Sooner por desarrollar un sistema de clasificación tipo cinturón para su escuela de puntería".

Bill Bosworth se quitó el sombrero.

"El otro hombre es básicamente el sargento del equipo. Sirvió en el Cuerpo de Marines y luego como oficial en Fort Polk, Louisiana. Se retiró y se metió a contratista".

"¿Ese *güey* de ahí es Gerónimo?", preguntó Jorge.

"El batallón más odiado del Ejército", respondió Roy.

"Es tejano *y* paracaidista", Jorge señaló el tatuaje de 1824 en su antebrazo. "Deberías habérmelo presentado antes. ¿Qué parte de Texas?"

Palmeó el tatuaje de 1824: "San Antonio".

"Muy bueno", dijo Jorge.

"Ah, y hablando de Texas", Bill señaló a Mostacho. "¿Te ha dicho que le pusimos su apodo?".

Jorge miró fijamente a Mostacho, que se puso rojo de vergüenza.

"Le llamábamos 'Chica del Valle', *porque* es de McAllen. Se dejó crecer el bigote y empezó a llamarse así".

"¿Chica del Valle?" Jorge se rió.

Mostacho sacudió la cabeza, "Mi padre siempre decía: La amistad es hermosa, pero no siempre es bonita. Llevarse la bronca de tú a tú no siempre es divertido".

"Bueno", dijo Bill, "yo tampoco te llamaría bonito a ti".

El grupo comenzó a reír, pero el agente de la BIA Félix American Pony intervino.

"Muy bien, escuchen", dijo Félix. "No tenemos todo el día para que ustedes los tejanos se quejen sobre Selena o el Álamo. Ya han visto la potencia de fuego. Recojamos tu equipo y te informaré de lo que nos espera".

Capítulo 14

Jorge Mondragón

El agente de la Oficina de Asuntos Indígenas Félix American Pony entregó al agente de la Policía de Parques de Texas una tableta informática blanca. Los hombres estaban dentro de un móvil climatizado del Parque Estatal de Texas Big Bend.

"*Pero*, quiero ver el KG-23—"

"Toma", Félix puso la tableta en manos de Jorge. Jorge resopló y agarró el dispositivo.

La levedad desapareció. Jorge sintió que se le retorcía el estómago.

"Como he dicho", Félix tocó la pantalla. "Se llaman replicantes. ¿Recuerdas aquella película de Spielberg? Bueno, hay algo de verdad en ella. Tú ves, ¿clonación a partir de bichos antiguos? Eso es sólo un cuento de hadas. Pero hay un tipo, un experto en paleontología, que dice que podemos jugar con el ADN moderno para traer de vuelta las cosas viejas. ¿Has oído hablar de esos "embriones de dino-pollo"? ¿Y los mamuts? Sí, son reales. Han estado en los titulares—están en todas las noticias".

"*Pero*, a lo que nos enfrentamos no han informado los perritos falderos de los medios", contraatacó Jorge.

"Y déjame decirte", Félix se inclinó hacia delante, su voz llevaba un toque de frustración. "No se trata sólo de la ciencia, tú sabes. Se trata de poder y miedo. ¿Esos cárteles? Ellos mandan".

"¿Qué?" Jorge se rascó la cabeza.

"Mira, a lo que quería llegar Mostacho con los hipopótamos de Pablo Escobar y Joe Exotic, todo está conectado", dijo Félix. "A los tipos excéntricos y a los peces gordos de los cárteles siempre les han gustado las criaturas exóticas. Entonces, ¿un replicante? Es el siguiente paso natural. Piénsalo. Los cárteles tienen científicos e ingenieros químicos que preparan metanfetamina y construyen baterías de auto que cumplen una doble función. Incluso tienen sus propios submarinos. ¿De verdad crees que es exagerado que manipulen el código genético de, digamos, un embrión de puma?".

Félix se acercó y deslizó el dedo por la pantalla. Apareció una representación artística de un Gorgonopsia sinápsido—el gran sinápsido con dientes de sable.

"Esto", asintió Jorge a la pantalla, "¿es lo que mató al *chico*? ¿Hizo que mi burro de 500 kg desapareciera... sin dejar rastro? ¿Esto es lo que atormenta mi parque?"

Félix asintió.

"Al principio pensé que los cárteles habían descuartizado así a Enrique. Pensé que daría lugar a una guerra fronteriza del siglo XXI. *Pero*, ahora sé la verdad. Un monstruo hizo esto y debido a sus lazos con los cárteles, aun potencialmente resultará en una segunda guerra fronteriza".

Félix volvió a asentir.

"Lo que no mate el monstruo", Jorge apretó los dientes. "La guerra lo hará".

Capítulo 15

Jorge Mondragón

"No es justo", Jorge sacudió la cabeza y se paseó por la casa rodante.

"¿Qué?", Félix se echó a reír, pero su humor no era áspero ni doloroso, sino genuinamente conmocionado.

"Lo sé, lo sé", Jorge golpeó su placa con el puño cerrado. "Se supone que soy el rey de esta zona—el agente Mondragón, el señor de Big Bend, *pero* tengo que ser sincero, Félix...".

Jorge sintió que la mirada del agente de la BIA se suavizaba. "¿Sí?"

"Estoy cansado, *amigo*. He estado en múltiples despliegues y, por el camino, me convencí a mí mismo de que no podía hacer otra cosa. La verdad es que quería explorar cosas nuevas—formar una familia y dedicarme a la agricultura, pero la táctica era lo único que conocía. Pensé que el trabajo de policía era la transición correcta, aunque no tenía ningún deseo real. Pensé, estar en el parque. Podría estar solo, estar aislado. No necesariamente libre del peligro, pero si libre... de la gente".

Jorge dejó de pasearse y miró a su audiencia—el grupo de hombres que desconocía por completo hacía apenas tres horas.

"No—no es justo en absoluto", Félix sacudió la cabeza. "Realmente te estamos pidiendo mucho a ti".

Jorge frunció el ceño, confundido. No hacía mucho que conocía al agente del BIA Félix American Pony, pero no se esperaba su compasión.

"¿Aunque sea mi deber?", preguntó Jorge.

"Tu deber era con tus soldados, y estuviste a su lado. Te ganaste el descanso, eso seguro. Pero"—añadió Félix sacudiendo la cabeza—"no es posible. Te conozco Jorge, no te vas a sentar a descansar, no te lo vas a permitir".

"Puede que no todos volvamos de este viaje", dijo Jorge mientras estudiaba los rostros de aquellos extraños hombres.

"No puedo responder a eso", dijo Félix.

Mostacho, que había parecido alegre, tan impulsado por su corazón, ahora se había quedado con el rostro ceniciento. Roy Raúl miró hacia abajo, y la tensión aparente grabó líneas en su cara. La piel clara de Bill Bosworth se volvió aún más clara y sus párpados se tornaron rosados.

"*Pero*", Jorge volvió a la tableta y la tomó. Señaló al Gorgón: "No puedo tener esto en mi parque".

Como si fuera un aplauso, Bill Bosworth sacudió la delantera del KS-23. Félix American Pony sonrió, le arrebató el letal instrumento y se lo colgó del pecho.

"Pero una condena inminente no significa que no puedas divertirte un poco", Bill Bosworth dio un manotazo en la mesa, atrayendo la atención de Jorge hacia la superficie cubierta de armas. Bill esbozó una amplia sonrisa, pero la expresión de estrés seguía presente. "Elige".

Jorge dio un paso adelante. Jorge Mondragón había servido como artillero de M249 y M240B en la infantería. Como agente de la ley, se había certificado en escopetas, rifles de patrulla, pistolas y numerosos dispositivos menos letales. Y por eso, sus ojos se precipitaron hacia el instrumento más extraño. Inspiró. Su pecho se levantó en señal de reverencia al hacer su primera selección.

"Te elijo a ti", dijo al arma, agarrando el palo de la escopeta con ambas manos. Sostuvo el objeto en forma de lanza por encima de la cabeza, inclinándose para no llamar la atención de los demás hombres.

Jorge sonrió y se colgó el palo de la escopeta del hombro derecho. A continuación, tomó la Keltec KSG. Agarró la eslinga y el mosquetón y se la colocó en el chaleco para que las dos escopetas no chocaran entre sí. También tomó una Smith & Wesson XVR 460 Magnum de color dorado y dos cargadores rápidos de revólver.

"Buena elección", dijo Bill.

Jorge se rió: "Aún no he terminado".

Sin dejar de reír, el policía del parque cogió una multiherramienta y un moderno cuchillo táctico Kukri negro con nudillos de latón tenues en la empuñadura. Envainó el arma cuerpo a cuerpo y luego tiró de ella.

"Esta tarea", dijo Mostacho, "no es lo que tú querías... diablos, a decir verdad, no es lo que ninguno de nosotros quería. Tal vez cuando todo esto termine..."

"*Olvídalo*", dijo Jorge, estudiando la hoja. "Descansaré cuando muera".

Capítulo 16

Jorge Mondragón

"Chingado", dijo Jorge, mirando alrededor de la casa rodante. "No estoy viendo un escenario en el que simplemente empaquemos y nos vayamos a emborrachar a Ojinaga... ¿tú sí?".

"Ni de broma". Félix se lo pensó un momento. "¿Y tú?"

Félix observó a Jorge enfundar el cuchillo, con una sonrisa de desconcierto en la cara. "No creo que a la Guardia Nacional Mexicana le vaya a gustar que andes por ahí con ese Kukri. Sabes, Jorge, creo que nos necesitas más a nosotros que nosotros a ti".

"¿Quieres decirme a quién te refieres con 'nosotros'?" Era menos una pregunta que un intento de cambiar de tema. Jorge se sintió molesto por la insistencia de Félix.

"¿Quiénes somos nosotros?", exigió Jorge. "Ustedes son BIA, pero ¿qué se supone que son? ¿Espías? ¿Algún grupo de tres letras del que nunca he oído hablar?".

Félix dejó que se hiciera el silencio. Dark Waters.

Mercenarios.

Jorge se quedó con la boca abierta mientras miraba a los otros hombres de la pequeña habitación. Los mercenarios, conocidos en los sectores profesionales como contratistas de seguridad, diferían de cómo habían sido presentados en la ficción. Entre un despliegue y otro con la Guardia, Jorge había hecho algunas temporadas en

TERROR EN BIG BEND

seguridad con la esperanza de trabajar con agencias como Dark Waters. Pero, aunque aprobaba a las agencias, sus patrullas clandestinas estaban en su área de responsabilidad.

"Dark Waters, ¿eh?" La cara de Jorge se crispó mientras luchaba por reprimir su enfado. "¿Dijiste algo sobre la estructura del equipo?".

"Ya lo tienes", dijo Félix y volvió a agarrar su tableta. "Influenciado por el Equipo de Fuerzas Especiales del Ejército".

El agente de la Oficina de Asuntos Indígenas le entregó la tableta a Jorge.

"¿Qué me estás mostrando?" dijo Jorge, mirando a Félix y a los otros tres hombres.

Mientras la cara de Félix seguía siendo la misma, Jorge vio que los otros hombres esbozaban sonrisas incómodas que hacían evidente su malestar por compartir el contenido.

Debe de ser confidencial, pensó Jorge.

"Eso", Félix se aclaró la garganta. "Ese es nuestro equipo".

Jorge miró el dispositivo: "Se acabó el tiempo".

"Sí", se rió Félix, "este aparato está encriptado y se le acabará el tiempo muy rápido".

Félix tomó el dispositivo, lo desbloqueó y se lo devolvió.

"Nos juntaron por nuestros antecedentes tácticos y nuestro dominio del idioma español", dijo Roy. "Nos encargaron ayudar a entrenar a los *gendarmes* de Guinea Ecuatorial como parte del programa IMET".

"Tiene sentido", dijo Jorge, pasando los dedos por el vaso.

"Luego", intervino Félix, "nos enteramos de lo de Enrique Esparza, el atentado sonaba como otros informes de inteligencia que había leído. Yo mismo, Hattori y Gaxiola-Chicahua habíamos estado en un grupo de trabajo multinacional trabajando en... otra cosa... pero a través de esa otra operación, tenemos un conocimiento de los replicantes. Sabemos que los replicantes necesitaban más de un individuo".

"Entonces, ¿no estamos luchando contra carteles?", preguntó Jorge.

"Nuestro trabajo es simple: matar a los replicantes para detener una guerra", dijo Roy.

"Aunque las escopetas son geniales", añadió Bill, "si estoy luchando contra cárteles, prefiero un AK a una escopeta".

"¿Te refieres a un M4?", preguntó Jorge.

"¡Ja! Sangro rojo, blanco y azul, pero cuando luchaba en el Haj, siempre era el viejo y fiel Kalashnikov", dijo Bill Bosworth, con pasión evidente. "Aquí, en Estados Unidos, presumo de mi AR-15 ante mis amigos, pero cuando se trata de presumir ante mis enemigos, me quedo con el AK".

Jorge se metió la lengua en la boca, conteniendo la risa.

"¿Un poco forzado?", preguntó Bill.

"Sí... *un poquito*".

"Vamos", Bill le dio una palmada en el hombro a Jorge, "voy a enseñarte lo que lleva todo el mundo".

Por el rabillo del ojo, Jorge vio que Félix ponía los ojos en blanco y levantaba las manos. "¿Y puedes presentarle también a tu equipo?".

Capítulo 17

Jorge Mondragón

Jorge siguió a Bill al exterior. Los dos hombres salieron de la casa rodante y caminaron de regreso al Parque Estatal Big Bend. Jorge sintió un poco de incomodidad al salir. Gracias a su entrenamiento en infantería, sabía que nunca había que arremolinarse. La tecnología enemiga era capaz de captar el calor. En las últimas décadas, las cámaras se han vuelto aún más prominentes.

No estamos cazando hombres, pensó Jorge. *Vamos por animales.*

Y por el pobre y andrajoso cadáver de Enrique, sabía que el Gorgon saboreaba la carne humana. Así que, una masa de hombres en una zona podría atraer a la diabla.

Una pintoresca figura masculina se situó al frente de la fila. El hombre medía un metro ochenta, con rasgos faciales y foliculares que insinuaban una etnia puertorriqueña. El hombre vestía el patrón de camuflaje digital, con las mangas remangadas hasta el codo, revelando una gruesa musculatura decorada con una vascularidad digna de una revista de músculos. En el antebrazo derecho llevaba la insignia de los Rangers de la Segunda Guerra Mundial—un rombo azul con el nombre en el centro. En el pecho llevaba una Benelli M4, y en la cadera, una pistola italiana de extraña forma, la Chiappa Rhino.

"Soy Jorge Mondragón", le ofreció la mano y se obligó a apartar la mirada del enigmático revólver macizo.

"Antonio Arzaga". El hombre alto se quitó los guantes tácticos y extendió su propia mano. Se estrecharon, y cuando el puño de hierro se cerró en torno a la mano de Jorge, supo de inmediato que aquel hombre podía romperle cada uno de los dedos si así lo deseaba. Antonio debió verlo en la cara de Jorge porque le dedicó una sonrisa lobuna. "Ese nombre me lo puso *mi mamá*, pero en algún momento, estos brutos malvados empezaron a llamarme 'Gótico'. Sólo porque soy nuyorican. Pero mamá no crió a ningún llorón. Palos y piedras, ¿tengo razón, Jorge?".

"Definitivamente". El hecho de que Gótico no le hubiera soltado la mano le hizo intuir a Jorge que se trataba de una sutil imposición de reglas. Si se suponía que era una advertencia, Jorge no podía decidirlo. Cuando Gótico le soltó la mano, Jorge murmuró: "Palo y piedras".

"He oído que estuviste en el 1-143 aquí en Texas", dijo Gótico. "Yo era el comandante de la compañía Charlie allá en Rhode Island".

"*¡Ay güey!*", dijo Jorge. "Tenemos tres paracaidistas".

"*Sí*, y no sólo cinco paracaidistas, tampoco".

"¡Los graduados de la escuela aerotransportada siguen siendo paracaidistas!", dijo una voz con un acento indescriptible. Un hombre de estatura similar a la agus forma de mariposa. Sobre su hombro colgaba una KS-23. Se había quitado la camisa y trabajaba con el torso desnudo. Tenía tatuajes desde la mano derecha hasta el cuello. Jorge reconoció la insignia de Guerra de Montaña, un emblema exclusivo de la Guardia Nacional. También vio el enigmático logotipo de la unidad de la Guardia Nacional de Florida del 53º Equipo de Combate de la Brigada de Infantería.

"Nunca supe si eso era un cosmonauta o un conquistador", señaló Jorge el tatuaje de la Guardia Nacional de Florida del hombre.

"*Ni*", se levantó el hombre y extendió la mano. "Es un submarinista".

"¿En serio?"

El hombre se rió. "No, en realidad no. Es para mostrar la historia española de Florida. Soy Tarzano Salvatore-Jones. Me encargo de la inteligencia. Gótico y yo tenemos la cabeza de Carnero, pero para ayudarle, yo llevo el equipo. Ya seleccionaron a nuestro equipo, pero yo tenía un negocio paralelo en Florida cazando pitones birmanas y otros animales exóticos".

Cabeza de carnero, era el término vernáculo para referirse a la escuela de Guerra de Montaña del Ejército en Jericho, Vermont. En cuanto a la profesionalidad, Jorge se sentía ahora más seguro al atravesar el escarpado terreno.

"Soy Jimmy Martínez", continuó el último hombre ajustándose su gran y pesada mochila. "Fui Seabee en la Marina y sirvo como Demoledor e Ingeniero para el equipo. Hice un poco de todo antes de entrar en el trabajo por contrato".

Jimmy se levantó y suspiró por el trabajo que había invertido en hacer la maleta. Extendió la mano para chocar los puños. Jorge sonrió y le devolvió el puñetazo.

"¿Alguien sabe dónde está Ben?", preguntó Mostacho.

"¿Quién?", preguntó Jorge.

"Nuestro tesorero", Mostacho parecía frustrado y escudriñó la zona.

"Hace un minuto que no lo veo", dijo Jimmy.

Mostacho suspiró: "En su propio programa. Aquí—"

Mostacho señaló a los dos hombres que quedaban. Uno vestía camuflaje digital con la bandera japonesa al hombro. Llevaba un chaleco táctico profesional con la inscripción "Hattori" pegada con velcro en el pecho.

"Soy Duke Hattori", dijo el soldado japonés y extendió la mano.

"¿Duke?", preguntó Jorge y se rascó la cabeza.

Duke se rió: "Sí, mi padre era un soldado japonés entrenado por el 1er Grupo de las Fuerzas Especiales. Me pusieron su nombre".

"Duke", Jorge sintió que se le retorcía la cara como una ciruela pasa. "¿Como John Wayne?"

"Si te parece una locura", dijo Duke, "espera a conocer a este personaje".

Jorge miró más allá de Tarzano a los dos últimos hombres. Uno era el hombre que había visto antes con el uniforme del ejército mexicano. En la cinta con su nombre se leía Gaxiola-Chicahua, pero no reconoció la insignia del rango.

"Soy Radamés", dijo el soldado mexicano y le tendió la mano.

Jorge la estrechó. *"Mi placer"*, dijo Jorge, sonriendo al reconocer la insignia de paracaidista del Ejército Mexicano en el uniforme del hombre.

De repente, algo golpeó la espalda de Jorge. Jorge dio un salto hacia atrás. Por instinto, sintió que echaba mano a su arma.

"¡Vaya, vaya!", respondió un hombre. Iba vestido de forma similar al resto de los Dark Waters, pero Jorge no lo reconoció. Jorge—todavía lleno de adrenalina por la sorpresa—respiró hondo, estudiando al hombre.

"¿Quién eres?", jadeó Jorge.

"Has conocido a nuestro embaucador", dijo Mostacho y sacudió la cabeza. "¿Dónde has estado tú?".

El hombre agitó la mano, como haciendo caso omiso de la preocupación de Mostacho.

"Soy Ben Andrade" -extendió la mano el último hombre a Jorge-.

"¿Qué demonios te pasa?" Jorge seguía con la respiración entrecortada.

Jorge suspiró: "El último hombre del equipo. *Encantado de conocerte*".

"Igualmente", dijo Ben, ofreciéndole la mano. Jorge extendió la mano, con la intención de estrechar la de Ben, pero en su lugar sus ojos vieron algo en la palma de Ben.

Jorge se quedó helado.

Dos puntos negros descansaban entre el pulgar y el índice de Ben. Al principio, Jorge pensó que eran tatuajes, pero eran demasiado pequeños. No sólo eso, sino que parecían sobresalir ligeramente de la piel de la palma de la mano de Ben.

"Mordedura de serpiente".

"¿Qué?", Jorge apartó la mirada de la mano extendida de Ben hacia la cara del hombre.

"Era una serpiente". Ben frotó el dedo sobre uno de los puntos, que eran negros como el aceite. Jorge se dio cuenta de que eran cicatrices minúsculas—casi imperceptibles para un ojo ajeno. "Aprendí tres cosas sobre los encantadores de serpientes. Una: esos tipos drenan sus paquetes de veneno de cobra antes de hacer un espectáculo. Dos: 'drenado' no significa vacío. Me mordió cuando intenté acariciarla".

"¿Cuál es la tercera cosa?", preguntó Jorge, todavía mirando las dos pequeñas cicatrices negras.

"Que los encantadores de serpientes mastican carbón en caso de que alguien estúpido intente acariciar a sus serpientes. Tomo mi mano y escupió carbón en ella. Absorbió suficiente veneno para no morir. Así quedó cicatrizada". Ben cambió de tema. "Sé lo que estás pensando".

"¿Ah, sí?", Jorge preguntó. "¿Qué es?"

"Estás pensando: *¿Por qué me dejé arrastrar a esto?* Y seguramente estarás pensando cómo demonios me alejo de estos *locos*. ¿Cómo lo estoy haciendo?"

Jorge rompió el contacto visual con Ben. ¿Tan obvio era? Ben lo dijo con tanta confianza que Jorge sintió que sus feos pensamientos estaban tatuados en su cara o marcados en ella como la marca de la mordedura en la mano de Ben.

"Oye, mírame", dijo Ben, con voz suave. Cuando Jorge volvió a mirar a Ben, no había juicio en su rostro ni burla. "Estoy pensando lo mismo. Lo he estado pensando desde que llegué aquí. No pasa nada".

Ben le ofreció la mano. "No soy tan fuerte como Gótico. Te prometo que no te romperé la mano".

Jorge miró la mano de Ben y luego la estrechó. Las dos cicatrices negras pinchaban la carne de la mano de Jorge. Resultaba extraño sentir los dos puntos en los que la vida de Ben casi había terminado y lo único que le había salvado era una bocanada de carbón.

"¡Ben!", llamó una voz. "¿Puedes activar este GPS?"

"Déjame ir a comprobarlo. Encantado de conocerte". Ben le dio una palmada en el brazo a Jorge y corrió hacia el problema.

Jorge le vio marcharse. Las palabras de Ben le habían reconfortado, pero un escalofrío recorrió la espina dorsal de Jorge. Las dos cicatrices negras de Ben habían atravesado la tela de la camisa de Jorge. Por un breve instante, se imaginó a una serpiente mordiéndole en el lugar donde Ben le había palmeado el hombro.

Jorge hizo una nota mental para comprar carbón.

Capítulo 18

Jorge Mondragón

El duro calor picaba a Jorge mientras ajustaba las correas de su mochila, apretando más el MOLLE contra su espalda. En el Parque Estatal Big Bend no había humedad, sino un calor seco que penetraba en todo el cuerpo. Junto a Jorge estaba el jefe de la unidad Dark Waters, Antonio "Gótico" Arzaga. Mientras Jorge trabajaba, Ben Andrade pasó corriendo junto a los dos hombres y volvió a su posición de formación.

"¿Ya estamos en marcha?", preguntó Gótico cuando Ben corrió junto a él y volvió a su formación.

"Estamos listos", le dijo Ben a Gótico levantando el pulgar.

"Son todos tuyos, Jorge", le dio Gótico a Jorge una palmada en la espalda.

Jorge sonrió mientras miraba a los hombres que le seguían. Aunque había elegido el parque Big Bend en un intento de estar alejado de la gente, a veces sentía que necesitaba más compañerismo. Jorge aún se sentía receloso de todo el suceso e incómodo por el misterio que encerraba, pero su instinto le decía que se trataba de buena gente.

La pasión de Mostacho por la gente era un excelente contrapunto a su malhumor, y Félix Pony Americano parecía sabio.

Corazón. Mente. Conocimientos técnicos. Y su propia confianza en la intuición.

Y no hay nada mejor que la selección de armas de Bill Bosworth, pensó, y miró la Keltec KSG que llevaba colgada del torso.

El tiempo tenía un efecto interesante en Jorge. Sí, con los años, se había convertido en un viejo veterano gruñón, pero a veces, algo extraordinario sucedía y revivía el idealismo de su juventud. Como experimentado tirador de gatillo y agente de la ley, tomaba la mayoría de las decisiones con el instinto, pero era agradable usar el corazón.

Primero fue el gato. El afecto instantáneo del Sr. Gato por él había revivido partes de su apasionado pasado. Jorge había sido voluntario tres veces: se alistó voluntario en la Guardia Nacional de Texas, asistió a la Escuela Aerotransportada y se presentó voluntario para el despliegue. Estos hombres habían seguido un camino similar. El peligro inminente les amenazaba, pero el sentido del deber les impulsaba a seguir adelante.

Jorge se rió para sus adentros, *Excepto, por supuesto, Brody. ¿Qué diablos hace aquí ese surfista?*

Félix y los demás decidieron que lo mejor era que el hippie y ex *supuesto* doctor en ciencias veterinarias les acompañara en su viaje. El tiempo dictaba una búsqueda inmediata del amigo de Brody, Tennyson. Brody había visto al monstruo y conocía a su amigo.

Big Bend no era ninguna broma. Era el parque más hermoso de Texas, pero también era peligroso. Siete especies de serpientes venenosas se deslizaban por la zona. Osos negros con la fuerza de cinco hombres merodeaban por el lugar, y el gran león de montaña americano llamaba al parque su hogar.

Y si la fauna depredadora no mataba a Brody, la flora podría hacerlo. Las yucas, las candelillas y el sotol, aunque poseían una belleza extraña y seductora, podían penetrar a través de la ropa y lacerar la carne humana. Para evitar los mezquites, los excursionistas hacían pequeños ajustes. Cuando la luz del día se desvanecía, esos pequeños ajustes se convertían en círculos, lo que provocaba que los excursionistas se desorientaran y se perdieran.

Brody habría sido un lastre demasiado grande como para dejarle volver caminando solo por el escarpado terreno.

Y ahora no es más que un lastre operativo.

Jorge se rió y sacudió la cabeza para concentrarse mejor en la misión. La operación consistía en dos tareas clave:

- Encontrar al monstruo

- Matarlo

Bastante sencillo.

Aunque cazaban al Gorgón y no a los hombres, el bagaje táctico colectivo del grupo les obligaba a formar en cuña. Jorge serviría como punto de referencia para la dirección del viaje mientras seguía las huellas del monstruo. Jorge se arrodilló en el suelo. Gótico avanzó sigilosamente, lo bastante cerca como para que su pierna presionara la mochila de Jorge, y escudriñó la zona, buscando cualquier amenaza potencial mientras Jorge investigaba.

Los ojos de Jorge se iluminaron al estudiar los sedimentos. Inclinó la cabeza en busca de indicios del monstruo.

"Te tengo", chasqueó Jorge con sus suaves dedos al ver la huella de la Gorgona en el suelo. Se levantó y Gótico volvió a su posición. Jorge no dijo nada, pero se volvió hacia el hombre alto y asintió. Luego comenzó a caminar. Por el rabillo del ojo, Jorge vio que Gótico agitaba su unidad hacia delante mientras Jorge seguía la señal.

Capítulo 19

El Gorgón

El Gorgón dejó caer a Tennyson. Se acostó contra el suelo y se cubrió la cabeza con las manos. Tennyson cerró los ojos. El Gorgón gruñó sobre él. Un goteo de saliva cubrió la cabeza de Tennyson. Los microtremores temblaron bajo él. Ladeó la cabeza y, haciendo acopio de todo su valor, abrió un ojo.

El monstruo se alejó. A pesar de la musculatura que se aferraba al esquelético armazón del monstruo, éste avanzaba con gracia felina.

"Estupendo", Tennyson escupió granos sueltos de arena por la boca. "Me deja vivir".

Tennyson gimió mientras se ponía a cuatro patas y luchaba por mantener el equilibrio. El sol brillaba en sus piernas expuestas y laceradas, donde la tierra había rasgado sus vaqueros. Los rayos solares abrasaban la carne rosada y vulnerable.

"Si sobrevivo a esto", dijo, "moriré de cáncer de piel".

Tennyson se apoyó en la ladera del volcán y observó las patas traseras del Gorgón mientras se alejaba. Estiró el cuello, tratando de espiar al monstruo.

Entonces, el Gorgón se detuvo. Con una precisión rápida y silenciosa, giró. Tennyson se golpeó contra el suelo mientras el miedo le consumía y su cuerpo fallaba. La cabeza de Tennyson rebotó contra una roca de color cobrizo. Le brotó sangre de la ceja. Quedó tendido contra la arena. Pero, aunque le fallaban las extremidades y los intestinos, y ahora la sangre le impedía ver, aún podía ver.

Con un movimiento similar al de un gato doméstico, la Gorgona realizó múltiples giros antes de dejarse estrellar contra la arena. Luego, relajando todos sus músculos, quedó tendida en el suelo del desierto. Los pulmones de Tennyson latían contra el suelo mientras jadeaba con respiraciones superficiales y excitadas. Mientras luchaba por respirar, seguía observando.

El vientre protuberante e hinchado de la bestia primordial subía y bajaba en lentos patrones rítmicos. Se pasaba la lengua por los dientes de sable. Tennyson se puso de rodilla lentamente.

"¿Está durmiendo?", Tennyson se rascó la cabeza. "¿Una siesta después de comer?"

Una rabia repentina e inesperada se apoderó del hombre. Este titán, que tantos traumas físicos y psicológicos le había infligido, no encontraba en Tennyson amenaza alguna. Ni siquiera intentó disimular.

¿Se puede sentir desprecio los animales?, pensó Tennyson.

No era como si El Gorgón lo estuviera desafiando. No, ni siquiera consideraba a Tennyson una molestia potencial.

Apretando los dientes, se agachó y agarró una roca. El monstruo tenía razón, Tennyson no era una amenaza mortal, pero tal vez, con sus últimos esfuerzos, podría infligirle algún tipo de dolor. Inspiró y espiró apretando los dientes y avanzó tambaleándose. Tal vez podría golpear la roca en los ojos o los genitales del Gorgón —un último acto de desafío antes de morir.

Pero entonces algo lo desconcentró. Un aroma sacudió su nariz.

"¿Huelo...?", echó la cabeza hacia atrás y olfateó el aire. "¿Gasolina?"

Entre el dolor y el uso de narcóticos, Tennyson dudaba de su capacidad sensorial actual. Dejó caer la piedra y levantó las manos, sombreándose los ojos mientras observaba la zona.

"Seguimos en *El Solitario*".

Había deseado ver el gran volcán, pero nunca pensó que sería su lugar de descanso final. Sus rodillas se debilitaron al pensar en su muerte inminente.

¿Será éste mi lugar de descanso final? Se estremeció al pensar en lo que le ocurriría a su cuerpo tras ser consumido por el Gorgón.

Pero mientras los pensamientos sobre su propia mortalidad amenazaban con empujarle a una crisis existencial, sus sentidos seguían confundiéndole.

"*Sí* que huelo gasolina".

Tennyson avanzó cojeando, intentando seguir el olor. Se miró la muñeca; su reloj—aunque se rompió—aún funcionaba. La pantalla estaba cubierta de barro. Escupió en la esfera y la frotó. Luego puso el cronómetro en veinte minutos.

"Muy bien", dijo, "vamos a explorar".

Cojeando sobre sus doloridas piernas, se movió. Aunque su cuerpo temblaba, consiguió mantener el equilibrio mientras pasaba junto al gran Gorgón. Empezando por su parte trasera, vio que la cola se movía de un lado a otro, aunque él dormía. Sus patas traseras y delanteras medían metro y medio de largo y tenían unas garras horribles. Sus patas también tenían un aspecto semifelino, con terribles uñas amarillas que salían de ellas. Mientras dormía, no hacía ruido, pero a Tennyson se le revolvió el estómago ante la capacidad de aquella cosa para permanecer en silencio.

A lo largo de su cuerpo, unos bigotes negros, proto-mamíferos y rechonchos cubrían su piel de morsa. El hocico y los bigotes se movían de un lado a otro. Pero, aunque el movimiento parecía casi gracioso, los trozos de vísceras y otros trozos de carne no identificados que adornaban los bigotes restaban frivolidad a la situación. Mientras dormía, el Gorgón flexionó las garras delanteras y, al hacerlo, las uñas amarillas se retrajeron y extendieron.

Tennyson siguió caminando. No estaba seguro de si el coraje le motivaba a seguir adelante o si se lo permitía una recién descubierta indiferencia ante su inminente final. Pasó junto al monstruo y aceleró el paso.

A medida que caminaba, el olor se hacía más intenso. Tennyson miró el reloj. Llevaba ya diez minutos caminando. El creciente olor le hizo convencerse de que no estaba alucinando. Ya no sólo olía a gasolina, sino también a plásticos quemados. Trozos de metal y otros desechos contaminaban la ladera del volcán. Un par de asientos forrados de piel sintética añadían más colorido al caos. Rocas y otros sedimentos yacían esparcidos por la zona a causa del evidente impacto.

"He encontrado de dónde viene el olor", dijo. "Pero ahora, realmente creo que estoy loco".

Un avión muy estropeado yacía desecho contra el costado de *El Solitario*.

Capítulo 20

Tennyson

Tennyson apretó las manos contra el costado de El Solitario. El dolor se apoderó de él cuando miró a el Gorgón. Estaba acostada, con una indiferencia que Tennyson consideró total. Su vientre hinchado subía y bajaba. La rabia lo sacudió y tuvo que apartar la cara del monstruo o la emoción lo consumiría.

"Concéntrate en el avión", dijo en voz alta.

Giró la cabeza y vio la nave destrozada. El dolor le sacudió las piernas desgarradas y el resto del cuerpo mientras caminaba hacia el avión. En la parte trasera de la aeronave, la rampa yacía caída como la lengua putrefacta de un cadáver atropellado con la boca abierta.

La curiosidad mórbida le empujó hacia delante. Arrastrando los pies, Tennyson entró.

Maldijo, se agarró la parte inferior de la camisa y se tapó la boca. Un hervidero de moscas zumbaba por el compartimento manchado de sangre. La parte trasera del 727 destruido permanecía relativamente intacta. El interior de la aeronave no parecía el de un avión comercial, sino el de una carga personalizada. Entonces Tennyson recordó las fotos de paracaidistas de la Segunda Guerra Mundial, pero sin los 40 soldados apiñados. Las huellas, idénticas a las del Gorgón por las sustancias polvorientas, se apretaban contra el suelo. Una vez dentro, se quitó la presión de la parte inferior del cuerpo empujando contra el lateral de la pared, luego mano sobre mano, y en coordinación con los pies, avanzó sigilosamente. De forma torpe, Tennyson inclinó la cabeza hacia arriba, luchando por mantener la boca tapada y con la esperanza de amortiguar el olor.

Al echar un vistazo a la parte trasera del avión, se dio cuenta de que los daños no procedían sólo de los golpes externos.

Algo había ocurrido también aquí atrás.

Las paredes presionaban hacia fuera. La misma huella terrible—el signo gigante del Gorgón —se estrelló contra el lateral de las paredes. Las piezas del equipo se desgarraron como si estuvieran atrapadas en las patas del monstruo cuando intentaba apartarse.

Se estremeció cuando las salpicaduras de sangre decoraron la nave; el hervidero de las moscas se posó sobre ella, chupando la mancha escarlata. Los ojos de buey estaban rotos en el interior de la nave, con los cristales agrietados apuntando hacia fuera.

Sin embargo, allí no había sangre.

La mente de Tennyson se precipitó hacia el monstruo. Toda la bestia de nueve metros estaba cubierta de epidermis, similar a la de un rinoceronte. En el terrible viaje hacia el volcán, sus patas aplastaron un ocotillo. Tennyson había gritado de dolor cuando los espinosos tallos cubiertos de espinas se clavaron en su carne y le desgarraron el pantalón del pijama. El Gorgón no emitió ningún grito, mueca de dolor ni ningún otro sonido mientras atravesaba la dolorosa planta. Sus enormes patas aplastaron la macrocentra opuntia magenta sin demostrar ningún tipo de dolor.

¿Qué podía hacer sangrar a esa cosa?

Tennyson se rascó la cabeza. Llevaba enamorado de la marihuana desde el instituto. Incluso había abandonado sus esfuerzos académicos para centrarse en su consumo. El Frente de Liberación de la Tierra juvenil era una de las pocas actividades a las que se había unido durante su carrera académica. El club escolar había protestado frente a la casa de un dentista que había cazado animales de caza mayor en África. Aunque Tennyson sabía muy poco sobre armas o munición, muchos de sus mentores adultos del ELF estaban bien informados y le habían dicho que para penetrar en la piel de los elefantes se necesitaban escopetas especiales llamadas "armas para elefantes". Armas que eran incluso más potentes que un rifle o un calibre doce.

¿O había sido la física? ¿La combinación de la velocidad del 747 y la superficie rugosa e invulnerable de *El Solitario*? ¿Podría un paquidermo sobrevivir a un accidente aéreo? Aunque no hubiera estado tan absorto por la ingestión de hachís, estaba bastante seguro de que ése no había sido un tema estudiado en clase de biología.

Tennyson lanzó un grito de agonía cuando un dolor agudo e insoportable le atravesó el pie, sacándole de sus pensamientos. Miró hacia abajo. Un pinchazo irregular y sobresaliente atravesaba el plano. Lo había pisado.

Maldijo con violencia y retrocedió. Con cuidadosa precisión, se balanceó hacia atrás, separando el pie lacerado del objeto. Su zapato destrozado se aferró al obstáculo.

"¡Oh, no!", gritó Tennyson. Una masa de sangre seca pintaba el metal retorcido de un púrpura oscuro y reluciente.

Se le revolvió el estómago. Acababa de recibir una transfusión de sangre de un monstruo.

Tennyson conocía el virus de la inmunodeficiencia humana para recordar que se había originado en los chimpancés del Congo belga. Las investigaciones sugerían que la génesis de la enfermedad procedía de la transmisión de sangre de primates infectados al hombre.

¿Qué priones prehistóricos danzaban ahora por las células sanguíneas de Tennyson? ¿Qué horrible enfermedad zoonótica se originaría en su cuerpo?

De sus ojos brotaron lágrimas involuntarias. A pesar de su deshidratación, la emoción extrema hizo que se le formaran gotas de saliva en la boca mientras sollozaba. Gotas de sudor del tamaño de la sangre cubrieron su cabeza.

"No puedo permitirme sudar", lloriqueó, secándose las lágrimas de la cara.

De repente, una voz gritó: *"¿Quién está ahí?"*

Todo el cuerpo de Tennyson se estremeció. Entonces, las lágrimas cesaron. Se secó un hilo de mucosidad que le colgaba de la nariz.

"¿H-h-hola?", consiguió decir con la garganta congestionada por los mocos.

"¡Estoy aquí!", respondió una voz lastimera. *"¡Estoy aquí!"*

Equivocado o no, una ráfaga de esperanza recorrió a Tennyson. Alivió la tristeza de su cerebro y proporcionó a su cuerpo la energía que tanto necesitaba. A pesar del trauma abrumador, Tennyson avanzó arrastrando los pies. Ya no utilizaba las manos, sino que avanzaba con pasos horribles y desaliñados.

"¡Estoy aquí!"

Allí delante, había una puerta cerrada que daba a la cabina. El desconocido volvió a gritar desde detrás de la puerta de la cabina.

"¡Ya voy!", Tennyson empujó hacia adelante. "¡Ya voy!"

Entonces, con toda la energía que le quedaba, empujó la puerta para abrirla y cayó hacia delante, más allá de la puerta, y se estrelló contra el suelo.

Capítulo 21

Tennyson

Tennyson se puso de rodillas en la cabina de pilotaje destrozada. Trozos del volcán Big Bend—rocas y cactus—se esparcían por la zona del piloto. Tennyson gimió mientras se apoyaba contra los controles de navegación destruidas para ayudarse a levantarse.

"Agua", gritó la voz del desconocido, *"agua"*.

Tennyson se volvió hacia el ruido. Un hombre estaba sentado clavado al volante. El aviador estaba doblado por la cintura, con la parte superior del cuerpo colgando sobre el volante. El aviador llevaba el pelo largo, negro y gris hasta los hombros y un chaleco de cuero negro que tenía "A380" con la forma de un avión bellamente cosido en la espalda con un intimidante hilo escarlata.

Tennyson sintió excitación ante la presencia de otro humano, pero algo en aquel hombre también le llenó de miedo. Tennyson había buscado experiencias sensoriales, pero nunca había estudiado las "entrañas". No podía explicar por qué se sentía incómodo. Tatuajes bellamente elaborados cubrían los brazos del hombre con colores vibrantes, con imágenes de un hombre de frente pronunciada y bigote finamente peinado con el nombre *"Malverde"* impreso debajo. En el tríceps expuesto y musculoso del moribundo, una imagen de un esqueleto, similar a la de la parca con el nombre de *"Santa Muerte"*, adornaba su carne color oliva. Tennyson había pasado toda su vida adulta rodeado de traficantes de drogas, pero este hombre era diferente. Este hombre, a pesar de su estado vulnerable, aterrorizaba a Tennyson.

Una extraña combinación emocional—lástima y miedo.

"¿Hablas inglés?", preguntó Tennyson.

El hombre de pelo largo asintió: "Sí, he estudiado su idioma".

A Tennyson se le salieron los ojos del cráneo, sorprendido por la clara pronunciación de cada sílaba por parte del hombre. La voz del hombre sonaba parecida a la de un presentador de noticias, aunque aún se percibía un gruñido gutural debido a su evidente agonía.

"Su inglés es estupendo".

"Sí, tuve que estudiar inglés para ser piloto". Se las arregló.

"¿Q-q-qué ha pasado aquí?", Tennyson tartamudeó mientras volvía el terror.

El hombre le tendió la mano. Tennyson tembló de miedo. El hombre le hizo un gesto para que avanzara. La mente de Tennyson se volvió confusa. Retrocedió y sus ojos se hincharon al mirar al hombre.

"Debes creerme", dijo el hombre.

"¿Creer qué?"

"Que nosotros no hicimos esto. Los cárteles no llevan a cabo golpes en este lado... se liberaron".

"Libres... espera, ¿qué quieres decir con "ellos"?"

"Él nos golpeó. Me derribó, ellos se soltaron".

"¿Qué son ellos?", Tennyson dijo.

"Los exóticos—"

"¡Espera!", Tennyson gritó. "¡Hay más de uno!"

El hombre se detuvo y habló en español, cerrando los ojos con evidente dolor.

"El hombre que nunca habla", el aviador del cártel sacudió la cabeza con disgusto. "Me encontró, se me acercó".

"¿De quién estás hablando?".

El aviador tosió sangre y dientes rotos, pintando sus aparatos eléctricos rotos con trozos de sangre.

"Debería haberme torturado, ¿sabes? Como un criminal decente e..."

Tennyson se acercó sigilosamente y puso la mano en el hombro del moribundo. Sintió que la mortalidad de este hombre se desvanecía. Nunca antes Tennyson se había sentido tan conmovido por los demás, pero sabía que tenía que trabajar.

"Tú tienes que ayudarme. Tenemos que contarle al mundo lo que ha pasado aquí", gritó Tennyson.

"¡Sí!" el hombre tosió sangre de nuevo. "¿Estos exóticos de *aquí*, corriendo perdidos? Con eso bastará".

La cara de Tennyson se estiró con una sonrisa congelada y falsa mientras le daba palmaditas en la espalda al hombre e intentaba consolar su dolor. Pero, aunque pretendía ser como un padre consolando a un hijo afligido o enfermo, parecía más bien un niño dando un abrazo forzado a un hermano.

"*¡El Diablo con una boina y pintura facial blanca!*"

"Los monstruos, tienes que hablarme de ellos", suplicó Tennyson. "¿Qué hay ahí fuera?"

"¡Sólo se quedó ahí, *haciendo muecas! ¡No hablaba!*", espetó el aviador.

Tennyson se rascó la cabeza.

"¡Hay dinosaurios ahí fuera!", gritó Tennyson. "¿Cómo los mato?"

"*Sí*", susurró el hombre.

"Vinieron de este avión, ¿verdad? ¡Tú estrellaste el avión y ellos salieron! ¿Cómo los detenemos?"

El aviador se rió: "Eso es lo que intento decirte".

"¡Estoy preguntando por dinosaurios, y tú hablas de *un solo hombre!*", Tennyson hizo una mueca de dolor físico.

"¡Sí! Él debe haber descubierto nuestra ruta especificada".

"¿Qué significa eso?"

El hombre cerró los ojos.

"¡No, no, no, no!", Tennyson superó cualquier miedo restante y sacudió al hombre. "¡Ayúdeme!"

El hombre debió entender el deseo de Tennyson. Abrió los ojos y asintió.

"El hombre. Sabía que veníamos. Nos derribó".

"¿Qué?", gritó Tennyson. "Eso no tiene sentido. ¿Por qué alguien haría eso? Los cárteles guardan esas cosas en el sur, ¿verdad?".

El hombre asintió: "Sí".

"¿Entonces por qué? ¿Por qué te disparó a ti?"
"Como una broma".
"¿Qué? ¿Quién? ¿Quién hizo esto?"

El hombre asintió. Cerró los ojos e inspiró como si intentara reunir fuerzas. Se estremeció. Pero, aunque las heridas asolaban al hombre, de algún modo Tennyson sabía que no estaba relacionado con ningún trauma físico.

"Por favor", susurró Tennyson. "Dime quién".
"El Mimo".

Capítulo 22

Jorge Mondragón

Jorge y el grupo caminaron por el Parque Estatal Big Bend. El sudor empapaba el uniforme de oficial de policía del parque de Jorge. Hizo una mueca mientras su mente se precipitaba hacia recuerdos agridulces. El áspero material de sus pantalones arañaba la piel interna de sus tiernos muslos. Aunque la tela áspera le irritaba la carne, a Jorge le recordaba las caminatas y marchas forzadas en el campo del pasado.

Los buenos tiempos, pensó.

Por supuesto, no estaba seguro de lo que eso significaba. Tenía curiosidad por saber si alguien sabía lo que significaba aquella frase. Su formación y su experiencia en el ejército le permitieron pasar buenos momentos. Sin embargo, también tuvo algunos momentos miserables y había destrozado sus rodillas, sus hombros y su temperamento.

De hecho, su tiempo en el servicio le había dejado anhelando estar solo, y como resultado, había aceptado el trabajo en Big Bend en su búsqueda de aislamiento.

Pero, la verdad sea dicha, pensó Jorge para sí. *No es bueno para un hombre estar solo.*

Miró detrás de él y vio a Mostacho, luego se miró hacia Bill. Ahora bien, no quería estar hacinado en una ducha comunitaria ni estar desnudo en una larga cola esperando su inyección de Bicilina, también conocida como la inyección de la mantequilla de maní, pero estar rodeado de gente no era malo.

*Es decir, estar rodeado de **buenos** amigos,* pensó.

Sin embargo, Jorge no iba a decírselo.

El monstruo podía moverse en completo silencio y atacar a voluntad. Aunque el sigilo caracterizaba a la Gorgona, su masa creaba un rastro distintivo. Jorge había podido seguir tanto la señal baja de las pisadas que extraviaban las rocas como la señal alta de la vegetación destruida.

En las horas de caminata, Jorge había encontrado alivio en la forma del agente del BIA Félix American Pony. Antes de pasar por allí, el jefe de la unidad gubernamental había servido en los Lobos Sombríos con el ICE. Pero mientras Félix era un rastreador experto, Jorge conocía Big Bend y su respuesta a la naturaleza. Félix había trabajado en el desierto de Sonora, y Jorge aquí, en el desierto de Chihuahua.

"Qué raro", susurró Jorge para sí. Levantó la mano, cerrándola en un puño, para indicar al grupo que se detuviera.

Gótico, el líder de la unidad de Dark Waters, corrió al lado de Jorge.

"¿Qué tienes tú?"

"La señal de esa cosa", Jorge señaló la grava compactada. "Está haciendo algo raro—como arrastrando algo contra la superficie. Se llama cepillarse; los *contrabandistas* lo hacen todo el tiempo... pero, ¿un animal?".

Jorge se acarició la barbilla. La bilis le subió por la garganta. Una sensación nauseabunda se apoderó de él.

"Creo que lo he descubierto", susurró.

Gótico, al oír los susurros de Jorge, se inclinó hacia él.

"La criatura está arrastrando a Brody en su boca".

"¿Puedes saber todo eso mirando la suciedad?", Gótico apartó los ojos de la seguridad y se quedó mirando a Jorge con la mandíbula abierta y los ojos hinchados.

"Las huellas te dicen mucho".

"¿Está muerto?"

"No lo creo. Mira", Jorge señaló unas marcas en la arena. "De vez en cuando verás una lata de sopa. Están más o menos cada veinte metros. Si estuviera muerto, sólo quedaría la broza fuera".

"*¿Lata de sopa?*"

"Lo siento. Ese es un término de la jerga para un tipo específico de huella de zapato", explicó Jorge. "Popular entre los hipsters, y si se parece en algo al otro 'brah' de nuestro grupo, probablemente lleve zapatos así".

Gótico se rascó la cabeza: "¿Se nota en la suciedad?".

"¿Le decimos a Brody lo de la señal?", preguntó Jorge, estudiando el suelo.

"He visto a paracaidistas ser noqueados y arrastrados por la zona de lanzamiento", dijo Gótico. "Sufren quemaduras de segundo grado, así que, si el amigo de Brody no está muerto ahora mismo, probablemente esté deseando estarlo.... ¿Jorge?"

Jorge yacía ahora postrado en el suelo, inclinando la cabeza. Entonces, se puso en pie de un salto y corrió seis metros hacia delante. Se detuvo y sacó los binoculares de su chaleco.

"¡Gótico!", gritó Jorge por encima del hombro.

"¿Qué pasa?"

"Trae a Mostacho", Jorge bajó los binoculares y miró fijamente a Gótico. "Vamos a necesitar un médico".

Capítulo 23

Jorge Mondragón

"Sólo quería que me dejaran en paz", murmuró Jorge mientras miraba fijamente el objeto en el parque estatal Big Bend. "*Pero* parece que hay otros planes".

Jorge esprintó hacia delante. Inclinó el torso hacia delante y sus manos se balancearon hacia delante y hacia atrás con las características de un velocista entrenado. El polvo se elevó en el aire tras él.

Un amasijo brillante y cubierto de limo yacía en el suelo beige junto a un cactus. Bajo el globuloso material yacía un hombre mutilado y retorcido. Jorge hizo una mueca de dolor. Cuando Jorge estudió al hombre, parecía que el nexo de su agonía eran las vértebras expuestas que perforaban la carne magullada.

"*¿Qué pasa?*", preguntó Jorge mientras se ponía los guantes tácticos negros. Puso la mano en el hombro del hombre.

"*¡No toques!*", el hombre cubierto de saliva tosió.

Jorge retiró la mano y miró fijamente al hombre.

"¿Qué ha pasado...?"

Mientras el moribundo hablaba, Jorge se concentró en su mano. El guante parecía haber aumentado de temperatura. Jorge se arrancó el guante y lo dejó caer al suelo. Contempló horrorizado cómo salía humo del objeto manchado y chisporroteaba.

Se está quemando.

Jorge se volteó hacia el hombre.

Ese hombre está cubierto de algún tipo de ácido.

El hombre—su abrumador dolor evidente—se tranquilizó mientras su rostro y sus ojos relajados se apagaban. El hombre apretó los labios, esforzándose por hablar.

Jorge se quedó mirando la carnicería que tenía delante, intentando acercarse al hombre, pero sin querer quemarse. Adelantó el cuello.

"Ma-tay-yuh-may", graznó la víctima.

El hombre levantó ligeramente la cabeza: *"Mátame"*.

Los ojos de Jorge se abrieron de par en par. Sabía lo que el hombre intentaba decir:

Mátame.

Capítulo 24

Jorge Mondragón

Jorge cayó hacia atrás, quedando sentado. La arena caliente del desierto de Chihuahua le quemaba los pantalones.

"*Mátame*", repitió la víctima.

El lenguaje corporal de Jorge seguía siendo fuerte; además de estar sentado, no había ninguna debilidad visible. Pero a pesar del exterior masculino del agente de policía del parque, los ojos se le llenaron de lágrimas.

"No puedo tener piedad de matar...".

Antes de que pudiera terminar, Mostacho saltó hacia delante. Jorge podía oír las pisadas rápidas y pesadas de Mostacho, incluso por encima de su tinnitus.

Pero mientras corría, sus pies se arrastraban. Su pie derecho se enganchó en el cactus. Mostacho se catapultó hacia el cielo. Su cuerpo subió y bajó.

¡WHAAM!

Mostacho se estrelló contra el hombre empapado de ácido.

"¡No!", gritó Jorge, "¡Por favor, no!"

Mostacho rodó fuera del hombre. Se puso a cuatro patas e intentó levantarse del suelo. Pero su muñeca cedió y tropezó. Su cara chocó contra el pecho del hombre.

TERROR EN BIG BEND

Mostacho rodó y gritó. Sus gritos empezaron en un horrible barítono y luego alcanzaron un tenor agudo. Los gritos se convirtieron en gorgoteos llenos de saliva.

Jorge se arrancó la camisa para cubrirse las manos y realizar compresiones torácicas.

Pero ya era demasiado tarde.

WHAAM! ¡ZAS!

Cuando Mostacho aspiró el aire para gritar, inhaló ácido en los pulmones y la boca.

De la nariz y la boca de Mostacho salió humo hacia el cielo.

Jorge se arrancó el chaleco y lo arrojó sobre el estómago de Mostacho. Con las manos cubiertas de tela, golpeó con ellas el corazón de Mostacho.

Los ojos de Jorge se dilataron con intensidad mientras se concentraba en reanimar a su amigo.

"Jorge, ¿qué necesitas?", gritó a su espalda la voz de Gótico.

Jorge no levantó la vista, pero por el rabillo del ojo vio al líder de Dark Waters corriendo.

"¡Comprueba su pulso!", gritó Jorge, con la voz amplificada por el caos y por su propia adrenalina. "¡Pero no le toques la cara ni las manos! Está cubierto de ácido".

Gótico dijo algo inaudible para Jorge mientras continuaba con las compresiones torácicas. Jorge trabajó y, a través de la visión periférica, vio a Gótico hurgando en los pantalones de Mostacho, palpándole las piernas y buscando el pulso.

"¡Vamos, Mostacho!", gritó Jorge. "¡No te me mueras!"

Gótico se detuvo y se puso de pie. El líder de Dark Waters puso la mano en el hombro de Jorge.

"Jorge", susurró Gótico.

Jorge oyó su nombre, pero lo ignoró.

"Puedes parar", dijo Gótico.

"*¡Cállate!*", Jorge continuó con las compresiones.

"Se ha ido", dijo Gótico.

Jorge negó con la cabeza, todavía empujando.

"¡Jorge!", gritó Gótico.

Jorge dejó vagar los ojos mientras presionaba. El rostro ahora deformado de Mostacho yacía de lado. Salía humo de las facciones derretidas.

"Se ha ido", susurró Gótico.

Jorge cayó de lado, evitando los productos químicos ardientes.

"¿Qué... qué significa eso?", preguntó Jorge.

No estaba seguro de por qué hizo la pregunta. Supuso que no podía detenerse si aún había esperanza. Sintió la mirada preocupada de Gótico. Quería seguir con la compresión torácica. A pesar de su pregunta, Jorge sabía lo que Gótico quería decir y no podía aceptarlo.

Sabía que Mostacho estaba muerto.

Capítulo 25

Jorge Mondragón

Jorge se quedó boquiabierto, contemplando la escena al estilo de Cronenberg que tenía ante sí en el caluroso desierto de Chihuahua. La sangre contaminaba el terreno cubierto de grava con motas de tejido inidentificable.

"Me... me agradaba mucho Mostacho", dijo Jorge.

"¿Qué hacemos ahora?", dijo una voz.

Jorge se giró para ver a Ben Andrade: *"¿Qué?"*.

"Con el cuerpo".

Jorge cerró los puños, dispuesto a luchar.

"¡Alto!", sonó otra voz.

Jorge enseñó los dientes.

Gótico saltó entre los dos hombres y Félix le siguió.

"¡Ese *cuerpo* era Mostacho!", gritó Jorge y gesticuló con evidente indignación.

Los dedos de Jorge se crisparon. Gótico puso la mano en el hombro de Jorge.

"¡Era el primer hombre que me hacía reír desde que murió Enrique!", espetó Jorge.

Jorge vio que Félix se acercaba sigilosamente a Ben.

"Creo que se refería a la primera víctima", susurró Gótico, rodeando el hombro de Jorge con un poderoso brazo.

"No", Jorge sacudió la cabeza y miró fijamente a Ben. "No lo hizo".

Ben hizo una pausa. Su rostro permaneció inmóvil, pero sus ojos se movieron hacia Gótico y luego de nuevo a Jorge.

"¿Qué?", exclamó Ben. "¡Mostacho era mi amigo! ¿Estás loco?".

Jorge sintió que la sangre se le salía de la cara.

"Estaba haciendo una pregunta operativa sobre la primera víctima", dijo Ben.

"¿Qué quieres decir?", preguntó Jorge, evitando el contacto visual al sentir que se ruborizaba.

"¿Has oído hablar alguna vez de una emboscada con cebo?", preguntó Ben.

Ahora, Jorge se sentía estúpido y evitaba el contacto visual.

"Ah", Gótico chasqueó el dedo. "Perfeccionado por Genghis Khan".

"¡Sé lo que es una emboscada con cebo!", espetó Jorge.

"¡Vaya!", Ben levantó ambas manos. "Sólo quería decir que podíamos conservar energía... para poder rendir el debido respeto a Everrett".

Jorge arrugó el ceño, poco familiarizado con el nombre.

"¿Everrett Pacheco?", Ben sacudió la cabeza. "¿Mostacho?"

Olvidé su nombre, pensó Jorge, luego miró al suelo y pateó piedras.

"¡Tenemos que encontrar a Tennyson!", gritó otra voz. Jorge se volvió para ver a Brody corriendo hacia ellos.

Que vengan los payasos, pensó.

"¡Amigo mío!", Brody señaló con un dedo tembloroso las grandes montañas Bofecillos. "¡Mi amigo está ahí arriba!".

Jorge lanzó una mirada a Gótico.

"Brody", empezó Jorge.

"Espera", Ben levantó un dedo. "Estamos diseñados después de Boinas Verdes; podemos hacer las dos cosas".

"¿Qué?", preguntó Jorge.

"Tenemos que cuidar de Mostacho", dijo Gótico. "Pero, aunque podemos ser reverentes, también podemos ser astutos".

Jorge volvió sus ojos rasgados hacia Gótico y luego hacia Ben.

"Conservamos el cuerpo de Mostacho, pero permitimos que su olor perdure con la esperanza de atraer al Gorgóna".

Jorge apretó los dientes con tanta fuerza que el dolor le recorrió las mandíbulas.

"Si intentamos recuperar a Everrett ahora mismo", dijo Gótico, "no estaríamos preparados. Ese monstruo volcó tu camioneta. Estaríamos recuperando a los dos. Estaríamos exhaustos. Seríamos presa fácil".

Jorge relajó los músculos.

"Podríamos protegernos a nosotros mismos y a Everrett".

"Muy bien", Félix se acercó al centro del grupo. "Parece que tenemos un plan que podría funcionar. Pongamos en marcha la seguridad 360 y concretemos los detalles".

Capítulo 26

Jorge Mondragón

"¿No crees que las cosas se complicarán demasiado?", preguntó Jorge mientras se arrodillaba junto a la improvisada bahía de planificación en el suelo desértico del Parque Estatal Big Bend. Era lo que el Ejército llamaba un "equipo de mesa de arena", que utilizaba el terreno y la vegetación de los alrededores del parque estatal Big Bend. Tarzano, Jimmy Martínez, Radamés Gaxiola-Chicahua y Duke Hattori construyeron modelos en la tierra para mostrar su ubicación, y luego utilizaron sus tarjetas de identificación para representar al individuo.

"Estamos diseñados para poder dividirnos", dijo Gótico.

"Haremos que todos los hombres G: yo mismo, Duke Hattori y Radamés Gaxiola-Chicahua se queden en la emboscada. De esa manera cada grupo tiene un cortador de señales y un líder".

"¿A dónde voy?", preguntó Jorge.

Félix suspiró. "Esto no es fácil. Como soy el líder, siempre me enseñaron a ir con el esfuerzo principal-"

"Pero el parque es mío, Félix", dijo Jorge. "Has cumplido con tu deber".

"¿Entonces Jorge sigue a Tennyson?", intervino Brody.

Jorge se rascó la cabeza ante el celo del hippie.

"Sí", dijo Félix.

"Yo voy con él".

Jorge sacudió la cabeza: "Es hora de que me mueva duro y rápido, Brody—".

"Voy a mantener el ritmo", interrumpió Brody.

"Esto está fuera de tu liga", dijo Jorge. "Esto no es un paseo por el parque inducido por hongos..."

"Te salvó la vida", intervino Gótico. "Yo diría que se ha ganado su sombrero Stetson".

"¡Bueno, no soy un explorador!", contraatacó Jorge.

"¡Iré contigo!", dijo Brody. "Y no porque alguien me haya dado su aprobación. Conozco a Tennyson, ¡y tengo formación en ciencia animal!".

Jorge no pudo disimular su desprecio mientras ponía los ojos en blanco.

Este cabeza hueca, hará que me maten, pensó mientras daba patadas a las piedras.

"Bien", dijo Jorge. "Terminemos el plan".

Capítulo 27

Jorge Mondragón

Después de dos horas de deliberación, los equipos quedaron establecidos.

El Equipo Alfa de Dark Waters consistía en Gótico como Líder del Equipo y Jorge por señal. Brody fue con Jorge debido a su conocimiento de Tennyson y su supuesta formación como veterinario. Bill Bosworth, el experto en armas del equipo, fue con el elemento móvil. Esto hizo que el equipo de emboscada necesitara a su experto en armas para ayudar en la colocación, pero se hicieron esfuerzos para mitigar ese riesgo. Tarzano, con su experiencia en escalada, también iría con el elemento móvil.

El Equipo Bravo de Dark Waters había sido diseñado para atraer a la Gorgona a una emboscada. También se les había encomendado la tarea de preservar los cadáveres de las dos víctimas.

Roy Raúl sería el jefe del equipo de Dark Waters y el experto en armas. Como el experto oficial en armas se fue con Alfa, el experto en demoliciones, Jimmy Martínez, ayudaría a construir la emboscada con explosivos. Completaba el Equipo Bravo de Dark Waters Ben Andrade, que podía retransmitir mejor todas las comunicaciones al permanecer en una posición más estática. Además, su conocimiento de las serpientes (como se desprende de sus mordeduras) ayudó a Bravo a mitigar el riesgo de la cabeza de cobre de Trans-Pecos, la serpiente de cascabel de Mojave y otras serpientes venenosas que se deslizaban por Big Bend.

Todos los miembros de los representantes del Gobierno—Félix Pony Americano, Duke Hattori y Radamés Gaxiola-Chicahua- servirían con el Equipo Bravo de Dark Waters.

Había que tener especial consideración con el entorno. El replicante sinápsido gorgonopsido había provocado un cambio radical en la infraestructura ecológica de Big Bend. Tanto la flora como la fauna responderían de forma atípica. Se predijo que el gran tamaño de la Gorgona podría crear desprendimientos de rocas que podrían formar avalanchas de sedimentos.

A partir del análisis, se determinó que era necesario utilizar explosivos para inmovilizar la Gorgona sincronizados con disparos certeros de perdigones para matarla.

Tras ultimar los detalles del plan, los dos equipos comieron, se hidrataron, se reajustaron y clasificaron el equipo antes de partir.

PARTE III

"Malditos sean los oscuros confines de la tierra donde los viejos horrores vuelven a vivir" – Robert E. Howard

Capítulo 28

Félix American Pony

Félix American Pony estaba en la montaña que dominaba el Cañón del Fresno, en el Parque Estatal Big Bend. El cañón estaba al norte de la carretera FM 170. Desde la montaña, una cuerda retorcida de polipropileno se extendía hasta el suelo.

El agente de la BIA se llevó los binoculares a los ojos. Gotas de sudor cayeron sobre el cristal, oscureciendo su visión.

"Calor seco", murmuró para sí. Hacía algunos años que Félix no pasaba tiempo en el desierto. No desde que había servido con los Lobos de las Sombras (grupo de élite de rastreadores nativos americanos), recorriendo las montañas Quinlan y Baboquivari. Más recientemente, él y Duke Hattori habían sido asignados a Kaw City, Oklahoma. Aunque en el Estado de los Sooner hacía calor, era un calor húmedo. Ambos eran peligrosos, pero la humedad al menos facilitaba la transpiración. El calor seco atacaba todo el cuerpo.

Se secó la cara con el pañuelo y miró a través de las gafas. Mirando hacia abajo, en el cauce seco del Cañón del Fresno, pudo ver cómo se elevaban las olas de calor. Mientras Ben cubría y ocultaba los cadáveres, Jimmy Martínez colocó explosivos.

Alineó partes de las paredes del cañón con los componentes combustibles. Con experta precisión, el ex marino inclinó los combustibles hacia abajo. Esto aumentó la letalidad de la explosión al permitir que los trozos de piedra caliza de las paredes verticales actuaran como perdigones adicionales.

"Ese hombre se ofrece voluntario para los trabajos que yo no quiero", dijo Félix mientras estudiaba a Ben con sus binoculares. Al principio de la misión, habían conducido hasta el condado de Presidio. En ruta, viajando por las sinuosas carreteras, se toparon con un precioso Golden Retriever.

El animal les había desgarrado el corazón con sus gemidos agonizantes. Había que acabar con su sufrimiento.

Como líder, Félix se sentía responsable de quitar tareas innecesarias como esa a sus hombres, para que estuvieran mejor. Pero Ben se había ofrecido para hacerlo. Diablos, él también se había ofrecido voluntario para ocuparse de esos cadáveres.

Qué raro, pensó Félix, *Ben no tiene miedo de ensuciarse las manos con los muertos. Resulta que eso podría jugar a nuestro favor.*

Félix hizo un gesto de dolor, dándose cuenta de lo que acababa de pensar. Echó otro vistazo al tesorero. Como parte del contrato para que Dark Waters consiguiera esta misión, todos tenían que pasar una investigación de antecedentes, que incluía un polígrafo.

Félix había administrado personalmente las pruebas del equipo. De todo el equipo, Ben había hecho lo mejor. Y, él tenía una recomendación sólida de su tiempo con el Centro para el Control de Enfermedades.

"Mmm", Félix sacudió la cabeza, volviendo a concentrar sus energías en escanear la zona.

Maldijo con asombro. Una estela de polvo se levantó en el aire. En el desierto de Sonora, Félix había visto diablos de polvo. Pero mientras ellos viajaban en un movimiento circular similar a un tornado, esto no viajaba así.

"¡Algo está corriendo!", gritó Ben.

Los otros a su alrededor le gritaron.

Eso es, pensó Félix.

A Félix le temblaron las rodillas. Un sinápsido gorgonopsido corrió hacia ellos. Su movimiento era idéntico al de un felino. Sus patas delanteras golpeaban el suelo—a la izquierda y luego a la derecha—y las traseras seguían el mismo patrón. Los orbes negros miraban asombrados; sus bocas estaban abiertas de par en par. Una tremenda lengua negra colgaba de su costado.

"¡Todo el mundo en posición!", Félix gritó.

El plan inicial consistía en que el animal persiguiera el rastro y cazara. Félix niveló su escopeta y le rascó la cabeza con la mano que no disparaba.

"¡Esa cosa no está cazando!", gritó Félix. "¡Está en una carrera muerta!".

Pero eso tampoco era exacto.

No, el monstruo corría en zig-zag siguiendo un patrón indescriptible, con la lengua fuera y los ojos vidriosos.

"¡Lo veo!", gritó Roy. El monstruo subió por la pendiente, con sus grandes garras clavándose en la superficie de la montaña.

"¡Está fuera de la zona de muerte!", gritó Roy.

Un hormigueo helado recorrió la espina dorsal de Félix. Félix no hacía mucho que conocía a Roy, pero lo conocía lo suficientemente bien como para predecir lo que el hombre estaba a punto de hacer.

Roy se hizo a un lado y apuntó con su escopeta. La Gorgona pasó corriendo junto a Roy.

BANG

Las balas se clavaron en el costado del monstruo. Apretando con el dedo el gatillo del lanzallamas, Roy soltó un manto de llamas.

La Gorgona aulló en un tenor agudo que tenía la potencia de una tuba. En su estado de confusión y agonía, el monstruo corrió, rodeando a Roy. Roy—temiendo el riesgo de fratricidio—se negó a disparar otra vez. El monstruo saltó con sus dientes de sable. Agarró a Roy.

"¡¡¡NO!!!", Félix gritó y corrió en su ayuda.

Pero ya era demasiado tarde. La gran bestia, aún dolorida, cayó de lado. La física de la masa y la velocidad del monstruo lo lanzaron a rodar. Roy fue atrapado por el pecho.

Los dos rodaron montaña abajo.

"¡Roy!", gritó Félix.

Pero, aunque la muerte de Roy era inevitable, el hombre aún no estaba muerto. Sacó su pistola TTI JW4 Pit Viper de su funda. Clavó el cañón de mano en el cráneo de la Gorgona.

BANG

Mientras la Gorgona continuaba su giro mortal—y mientras Roy caía al vacío—él siguió disparando. Cinco veces más sonaron los disparos. Salió humo de la cabeza de la Gorgona. Rodaron hacia la pared vertical del muro del cañón.

Libres de la montaña, los dos salieron despedidos por el aire—estrellándose contra el suelo.

WHAAM

Los dos se estrellaron contra el lecho del arroyo. Las rocas salieron volando por el impacto. Se hundieron en el limo bajo el suelo cubierto de sedimentos.

Una descarga de adrenalina impulsó a Félix. El agente de la BIA guardó su escopeta y corrió hacia la cuerda. Se puso los guantes y descendió. Descendió en rápel con una mano detrás y la otra guiando la cuerda por encima. Lo hizo en cuatro saltos controlados contra la pared vertical del cañón.

"¡Roy!", gritó Félix. "¡Roy!".

Félix disparó sus piernas como un velocista—largas y explosivas zancadas—con las manos relajadas, golpeó el aire. El ácido láctico le desgarró los cuádriceps, pero Félix, sintiendo el dolor, sólo corrió más rápido. El pecho y los pulmones le dolían mientras el chaleco táctico se le pegaba al cuerpo. El calor seco del desierto amplificaba el dolor en todo el cuerpo. Se secó los ojos con trozos de piedra caliza mientras se arrodillaba junto a Roy Raúl.

"Amigo", dijo Félix. "¿Estás bien?"

Félix se arrancó el guante de la mano y lo colocó bajo la barbilla de Roy, buscando el pulso. Pero a pesar de sus esfuerzos, los ojos de Félix le dijeron la verdad. La boca de Roy estaba congelada en un acto de desafío. Mostró los dientes en una amplia sonrisa con los ojos cerrados. La sangre le corría por la boca y las fosas nasales a causa del repentino impacto.

Félix se apartó y observó toda la escena. La Gorgona yacía muerta. De su boca y de su cuerpo salía humo. La sangre ya no manaba de su cuerpo; un lago estático de líquido escarlata pintaba el suelo arenoso.

"Roy realmente le hizo un número a esa cosa", los músculos faciales de Félix temblaron al observar la muerte de Roy. "Yo diría que compró la granja".

En la mano muerta de Roy, aún empuñaba una humeante pistola Pit Viper contra el monstruo. Mientras el cieno, la sangre y los trozos de la bestia salpicaban el cadáver de Roy, 1824 permanecía intacto.

"Ese maldito *Tejano* mató a ese monstruo dos veces", dijo Félix, con la voz entrecortada. "Y una vez cuando ya estaba casi muerto".

Félix se levantó. Le crujieron las articulaciones de las rodillas y la parte baja de la espalda. Se quedó admirado por el sacrificio de Roy. Mientras los músculos de su cara permanecían tensos, dándole un semblante de montaña, las lágrimas corrían por su rostro cansado.

"¡Félix!", gritó una voz detrás de él.

Se giró para ver a Ben Andrade con las manos en las rodillas, jadeando por la carrera.

"Roy lo mató", suspiró Félix.

"¿Está...?", Ben empezó: "¿Lo...?".

"No me preguntes", Félix sacudió la cabeza. "Mira por ti mismo, pero no me vuelvas a preguntar".

"Entonces no es el único".

"¿Qué quieres decir?", preguntó Félix.

Ben se levantó, sin dejar de respirar con fuertes jadeos. "Cuando se cayeron. Se creó un desprendimiento de rocas. Yo salí del camino, pero..."

"¿Jimbo no lo hizo?"

Ben asintió. "Una roca le golpeó en la cabeza. Le aplastó el cráneo. Jimbo está muerto".

Capítulo 29

Félix American Pony

"Misión cumplida", suspiró Félix, mirando fijamente a la Gorgona muerta. El cadáver del monstruo inmovilizaba al fallecido Roy Raúl contra el suelo desértico del Parque Estatal Big Bend.

"Oye", Ben palmeó a Félix en el hombro con mano pesada, "no puedes culparte".

Félix evitó la mirada de Ben, y luego se encontró con que su rostro crecía en una mueca involuntaria.

"¿Qué?", preguntó Félix. Se estremeció al ver las dos mordeduras de serpiente en la mano del hombre. Sintió que la mano empapada en sudor de Ben seguía aferrada a su hombro. Félix giró la cabeza, casi como si Ben tuviera que recordarse lo sombrío de la situación y bajó los ojos.

"Llévame a verle", la voz de Félix se debilitó. "Tengo que ver a Jimbo".

"No es bonito", la voz de Ben permaneció monótona, forzando la piel de Félix a ponerse de gallina.

"Félix", dijo una voz desde arriba.

Mirando hacia arriba, Félix vio a su amigo, el soldado japonés de las SDF Duke Hattori, escalando la cuerda. Duke corrió a su lado.

"Está muerto", dijo Félix.

"Sí", jadeó Duke. "Ya lo veo. Pero tengo una pregunta sobre el monstruo".

Félix no dijo nada, pero miró a su amigo.

"La forma en que corrió", dijo Duke. "No estaba cazando".

"Sí", dijo Félix, "yo también me di cuenta de eso".

"¿Qué quieres decir?", preguntó Ben.

"Parecía que estaba en una especie de furia loca", dijo Duke.

Félix asintió.

"¿Enfurecido?", Ben se rió. "¿Qué significa eso"

"Significa", dijo Duke, "que actuó raro".

"¿Raro, cómo?".

Félix miró fijamente los pinchazos gemelos en la mano del hombre, "No lo sé. Tú eres el manipulador de reptiles aficionado, dímelo tú".

"Creo que no podemos responder a eso", dijo Ben. "Técnicamente, no sé si podemos llamarlo reptil. Es un sinápsido".

Los músculos faciales de Félix se crisparon. *¿Por qué uno de los hombres más inteligentes que conozco se hace el tonto?*

"Bueno, esa criatura estaba definitivamente actuando raro", dijo Félix. "Estoy con Duke en esto".

"Parecía que acababa de correr—".

"Pero", Ben señaló al aire, enfatizando su punto, "ese replicante ha estado bajo la correa del cártel. Ahora es libre".

Félix se puso rígido ante la interrupción del tesorero.

"He visto a gente sin papeles correr", dijo Félix. "Y he visto *huir* a víctimas".

"Creo que lo que estás diciendo", Ben se golpeó el labio con el dedo, "es que este... monstruo... huía como un cónyuge maltratado".

Una oleada de calor recorrió el cuerpo de Félix. Con los puños apretados, dio un paso adelante. Duke se adelantó, tratando de tranquilizar a su amigo. Al hacerlo, Ben puso la mano en el hombro de Félix.

"Hablé por ignorancia", dijo Ben. "Parece como si tuvieras corazón para las mujeres maltratadas".

Félix apartó de un manotazo la mano de Ben de su hombro y luego, con ambas manos, empujó a Ben. El tesorero voló hacia atrás.

Sus pies se elevaron en el aire mientras se arqueaba hacia arriba y se estrellaba contra el suelo.

Yo lo llamaría panqueque, pensó Félix, recordando su carrera futbolística.

Ben gimió y rodó hacia un lado. Se incorporó, con el pelo empapado de sudor revuelto y la cara confusa por lo que acababa de ocurrir. *Pero no parece que haya jugado nunca.*

"¡Eso es agresión!", dijo Ben, con la voz entrecortada. "Eres un agente federal y acabas de agredirme".

"Pusiste tu mano en mi hombro", dijo Félix. "Me sentí amenazado".

"¿Estás loco?", preguntó Ben.

"Me recuerdas a un vendedor tóxico", Félix dio un paso adelante, sus botas casi tocando las de Ben. "Intentando convencerme de que toda mi vida ha sido un desperdicio hasta que les compro algo".

"¿De qué estás hablando?", la voz de Ben se quebró de golpe.

"¿Qué estás tratando de vender?", dijo Félix, viendo al tesorero ponerse de pie.

Ben se sacudió el polvo de las rodillas y se miró las manos. Félix observó cómo Ben hacía una mueca de dolor y se sacaba virutas de la mano.

"¿Jugaste al fútbol o algo así?", preguntó Ben. "Menudo golpe".

"Todavía no has visto nada".

"Mira", dijo Ben. "Creo que toqué un nervio".

"Estás tratando de hacerme dudar", dijo Félix. "Puede que no sea tan listo como tú, pero puedo sentirlo. Algo andaba mal con esa criatura".

"*Sentirlo*...", Ben sacudió la cabeza como disculpándose por su interrupción.

"Esa cosa", interrumpió Duke. "Para decirlo en términos de argot, 'corría libre'. No como un depredador experto".

"Duke tiene razón", dijo Félix. "Es algo así como..."

"Como si", dijo Duke Hattori, pasando los ojos de Ben a Félix, "estuviera huyendo *de* algo".

Capítulo 30

Tennyson

"Dime", dijo Tennyson, "¿a qué nos enfrentamos?".

Estaba con el aviador del cártel en el avión destruido. Trozos de cristal, escombros, trozos de piedra caliza y cactus cubrían la zona. El hombre vestido de cuero y de pelo largo que pilotaba el avión para los cárteles estaba clavado en su asiento, inmovilizado por la gravedad de sus heridas.

"No me acerco a los federales", dijo el moribundo.

Tennyson, a pesar de su propio dolor, se rió. Había pasado toda su vida adulta en un sopor de THC, así que, si alguien lo confundiera con un policía le hacía gracia.

"Parece que solías comprar nuestro producto", dijo el hombre. "Yo no revelo secretos".

"¿Qué es El Mi-mo? ¿Cómo es que hay un dinosaurio correteando por Big Bend?".

"Ahora me toca a mí reírme", dijo.

Y mientras el contrabandista reía, Tennyson se dio la vuelta, evitando ver al hombre tosiendo sangre en su júbilo.

"Eran de *mi capo*".

"¿Capo? ¿Quieres decir como tu... padrino?".

El hombre volvió a reír; más sangre brotó de su boca.

"Anota esto". Extendiendo la mano hacia su pierna, entregó a Tennyson un cuaderno desgastado con un lápiz sujeto por un cordel.

Tennyson asintió y agarró el papel y el bolígrafo.

"Mi Familia nunca ha llevado la violencia a los estadounidenses ni a su gente. Normalmente no hablamos con las autoridades, pero tienes que anotarlo. El Mimo y sus... discípulos nos dispararon. Y ellos se soltaron".

"¿El Mi-mo y su...?".

"Su banda, pero es difícil de explicar. Le siguen. Pero no actúan como una banda... es sólo violencia".

Tennyson, a pesar de su abrumadora agonía física, luchó contra el impulso de reír. El aviador del cártel probablemente había estado relacionado con cientos de asesinatos, pero en la mente del gángster aquellos estaban justificados por el afán de lucro.

"Sólo hacen cosas".

Hizo un gesto a Tennyson para que se acercara y tomó los utensilios de escritura. El aviador escribió en el bloc y se lo devolvió.

"'El Mimo'", leyó Tennyson. "'Significa el mimo'".

"*Buen*—bien, ahora escribe más. Él y su tripulación. Nos derribó... por una razón que no puedo entender. *El Mimo* los liberó".

Tennyson garabateó en el bloc con dedos frenéticos. Se detuvo, inspeccionando lo que había escrito. Un montón de mariposas recorrió el estómago de Tennyson. Podía deberse a la agonía del aviador, pero estaba perdiendo el dominio del idioma inglés. Aun así, a pesar de su aspecto desaliñado, el hombre daba una impresión de conocimiento profesional. Sabía que el hombre no se había confundido al dictar.

Tennyson rodeó la palabra:

Ellos.

"¿Me estás diciendo que el monstruo que vi no está solo? ¿Me está diciendo que hay más de

Capítulo 31

Félix American Pony

Félix respiraba con inhalaciones al estilo del yoga mientras se encontraba en el fondo del Cañón del Fresno. Ben poseía múltiples talentos, pero el hombre siempre tenía que tener razón. Ben tenía experiencia en el cumplimiento de la ley y era contratista, aunque nunca había servido en el ejército. Pero su falta de formación no le había impedido aportar su grano de arena en las decisiones tácticas. Aunque Ben se disculpó, no pudo cambiar sus características ni su personalidad.

Ben Andrade no es seguro de sí mismo, pensó Félix. *Es arrogante*.

Algunos de los hombres más arrogantes que Félix había conocido pertenecían a las fuerzas del orden. Pero esto le parecía diferente, incluso más exagerado.

"Por lo que nos había dicho Brody", empezó Félix, "el toro también corría de forma errática. Huía de la Gorgona que atropelló la camioneta de Jorge".

"Correcto", dijo Duke, asintiendo.

"Pero", intervino Ben. "Eso significaría que hay más. Sé que eso no estaba en el informe de inteligencia..."

"¿Y?", Félix se encogió de hombros. "Los tipos sobre el terreno dictan la información, no al revés. Se la enviamos a nuestro hombre de inteligencia y él puede hacer lo suyo con ella".

"No creo que sea una buena idea", dijo Ben.

Félix comenzó a dar un paso adelante.

"¡Félix!", gritó Duke Hattori y agarró el hombro de Félix.

Éste giró la cabeza. Duke señaló hacia la montaña. "Radamés nos está gritando. Algo se acerca".

Por el rabillo del ojo, Félix vio un movimiento rápido. Sus ojos captaron un manchón.

¿Ben?, Félix pensó.

Ben corrió lejos de la pareja. Volvió a la posición de emboscada cubierta de Jimmy Martínez, a nueve metros de distancia.

Ben Andrade sonrió. En su mano, levantó un objeto cuadrado verde militar.

"¡Ese es el explosivo antipersonas!", gritó Félix, y a continuación tacleó a Duke. Ambos cayeron al suelo junto al cadáver de la Gorgona.

¡BUM!

El explosivo antipersonas explotó. Proyectiles mezclados con piedra caliza salieron disparados hacia abajo. Grandes losas rotas de la pared del cañón se derrumbaron, sepultando a Félix y Duke.

Capítulo 32

Félix American Pony

"Duke", susurró Félix bajo todos los escombros, "¿estás vivo?".

Duke permaneció en silencio. El estómago de Félix jadeaba, esperando la respuesta de su amigo.

"¡Duke!"

"¡Por segunda vez!", dijo Duke, con la voz entrecortada hasta convertirse en un ronco susurro. "¡He dicho que sí!"

"Oh", rió Félix, dándose cuenta de que la explosión había afectado a su oído.

La explosión en el Cañón del Fresno les había dejado cubiertos de escombros. Cuando Félix se dio cuenta de la intención de Ben de matarlos con el explosivo antipersonas, tiró a Duke al suelo, protegiendo al soldado de la JDF de la explosión. Una vez en el suelo, Duke Hattori arrastró a la pareja bajo el cadáver como pudo. La criatura, con los escombros que la cubrían y su carne de paquidermo, les protegía.

"Ben nos traicionó", susurró Félix. "Activó el explosivo antipersonas".

Duke se retorció bajo el agente de la BIA, "¿Qué?"

"Intentó matarnos".

"Eso no tiene sentido", dijo Duke. "Es como intentar matar a un exterminador".

Félix notó que las palabras de Duke se suavizaban al hablar por la falta de oxígeno.

"No puedo verlo", Félix se movió de un lado a otro, saliendo del refugio del cadáver. Entonces rebuscó en su chaleco y encontró su par de protectores auditivos. Su forma era idéntica a la de unos audífonos. Se los puso en los oídos. El dispositivo amplificaba los sonidos.

"Creo que puedo oírlo", susurró Félix.

Algo impactó contra las rocas del exterior; en lugar de varios pasos, las piedras se deslizaron juntas.

"Tiene que estar herido", susurró Félix. "Parece que arrastra una pierna".

El rechinar del sedimento deslizándose contra el suelo continuó. Félix arrugó la frente mientras trataba de entender el sonido.

"No sé si es él".

"Tenemos que llegar a Radamés".

Félix se alejó un poco más. Sacudiendo la cabeza, dejó caer trozos de piedra caliza. Ahora libre de los escombros, podía ver. Con cuidadosa precisión, giró la cabeza, escaneando la zona. Félix luchó contra el impulso de toser cuando el polvo le hizo cosquillas en la garganta.

"No veo al traidor", dijo Félix.

Félix se alejó más de la zona demolida.

"¿Qué ves?", preguntó Duke.

"Veo...", Félix se alejó aún más. "Veo..."

A Félix le tembló todo el cuerpo. Volvió a caer cuando sus rodillas y manos cedieron. El cieno se deslizó de nuevo sobre él.

"Estás raro", dijo Duke.

Félix abrió la boca, pero como temblaba, sus labios y su lengua sólo producían tartamudeos.

"¿Qué pasa, Félix? Me estás asustando".

Félix asintió, controlando su respiración.

"B-b-bien", logró decir Félix.

"¡Félix!", susurró Duke. "¿Qué pasa?".

Félix abrió la boca, pero le fallaron las palabras. Félix Pony Americano, el hombre que tendió la emboscada contra la Gorgona y patrulló valientemente el Desierto de Sonora, temblaba de miedo.

Pero, aunque el miedo lo estremeció, no pudo detenerlo. Félix cerró los ojos y empezó a respirar al estilo Vinyasa, calmando su sistema como en el yoga.

"Lo sé", dijo Félix. "Sé por qué huía la Gorgona".

Capítulo 33

Félix American Pony

Con cuidadosa precisión, los dos hombres se alejaron de la Gorgona. Losas rotas del Cañón del Fresno cayeron mientras luchaban por mantenerse en pie.

"Prepara tu arma", susurró Félix.

"Tendrás que cambiar a tu pistola", dijo Duke.

Félix miró hacia abajo. La suciedad cubría su largo brazo.

"A mí me pasó lo mismo", dijo Duke.

Félix maldijo. Tirando de la eslinga, se echó la escopeta a la espalda y desenfundó la pistola. Ambos hombres adoptaron una buena posición de preparación baja y caminaron hacia delante.

Félix mantuvo la mano derecha en la pistola y apuntó con la izquierda: "Ahí".

Félix mantenía la vista al frente, con el arma desenfundada, y todo su cuerpo temblaba de terror. Oyó a Duke hablar en japonés.

"Tienes que apuntar", susurró Duke. "Ya lo veo".

Un monstruo gigante sin patas y cubierto de escamas se extendía ante ellos por el suelo del cañón.

La gran serpiente tenía espirales negras, gruesas y en forma de diamante, que formaban escudos impenetrables. Félix se estremeció cuando sus músculos se flexionaron para impulsarse hacia delante. Con facilidad, se deslizó en un horrible patrón en forma de S.

"¡Martínez!", Duke gritó. "Está tratando de comérselo".

Duke abrió fuego. Todavía preocupado por su primer plano y el telón de fondo, Félix se inclinó lejos de la cabeza del monstruo para no golpear a Martínez y cerró el dedo en el gatillo.

Con una gracia aterradora, la gran serpiente giró la cabeza hacia ellos. Su cabeza alcanzó más de tres metros de altura. Siseó y enseñó los colmillos.

BANG BANG BANG

Ambos hombres dispararon a la abominación. Siseó más fuerte cuando las balas impactaron. Movió la cabeza de izquierda a derecha, evitando la explosión. El monstruo disparó su cabeza hacia delante.

BOOM

BOOM

Una bala de escopeta atravesó a la bestia. Y esta chilló de dolor.

"¡RADAMÉS!", gritó Duke y apuntó hacia arriba.

El soldado mexicano disparó su FX-05 Xiuhcoat. La serpiente arrancó la cabeza y salió disparada, dejando una estela de polvo hacia el cielo. Una cacofonía, similar a la de los desprendimientos de rocas, sonó mientras la colosal criatura se escabullía.

Capítulo 34

Félix American Pony

Félix hizo una mueca de dolor al ver la sangre que goteaba de la parte posterior de la cabeza de Duke y caía sobre el suelo del Cañón del Fresno.

"Duke", dijo Félix, "estás sangrando".

"¿Qué tan grave?", preguntó Duke. Su pelo azabache estaba anudado con sangre. Mientras Duke preguntaba, Radamés terminó de descender por la cuerda y corrió hacia su posición.

"Déjame ponerle algo a eso", dijo Félix, señalando a Radamés la mochila de Jimbo.

Radamés sabía que Félix se refería al botiquín de Jimbo. El soldado mexicano corrió hacia la mochila, rebuscó en ella y regresó corriendo.

"Toma", dijo Radamés. En la cara del soldado, Félix vio que el hombre tenía algo que decir. Pero Félix no podía hablar ahora. Cogiendo la venda israelí, la puso sobre la herida y la apretó. Félix la manipuló para que Duke pudiera seguir viendo.

"Tendremos que cambiarlo cada unas cuantas horas", dijo Félix.

"Auch", dijo Duke. "Tenemos cinta de cien millas por hora".

"*¡La Serpiente!*", jadeó Radamés.

"¿Cuál?", preguntó Félix a Radamés mientras trabajaba en el vendaje.

"*¿Qué?*", preguntó Radamés de vuelta.

"Ben Andrade", siseó Félix. "Se convirtió en un traidor. Nos tendió una emboscada".

"¿Ben?", preguntó Radamés, boquiabierto.

"Él activó el explosivo antipersonas", Félix terminó el vendaje de Duke y se volvió hacia Radamés.

"A través del caos", dijo Radamés. "Ahora entiendo su curso de acción".

"¿Quieres decir que Ben es un traidor?".

Radamés sacudió la cabeza. "El kit de hidratación de Jimbo. Estaba destrozado. No pude investigar más a fondo, pero creo que fue cortado con un cuchillo. El petate está empapado, pero la mochila está seca".

"¿Estás diciendo que estamos secos?", Duke se tocó la cabeza.

"No importa", dijo Félix con una sombría determinación. "Tenemos las pastillas de cloro—".

"También estaban guardadas en la mochila de Jimbo", afirmó Radamés con calma. "Sin embargo, actualmente han desaparecido".

"Ben Andrade", siseó Félix. "Debe haber estado planeando esto todo el tiempo. Probablemente pagado por el cártel".

Radamés negó con la cabeza: "No es probable. Los cárteles suelen seguir una serie de directrices, y los actos de violencia contra estadounidenses no son habituales en esta región".

"Y yo respondí por él", dijo Félix. "Investigué sus antecedentes y me encargué personalmente de su polígrafo".

Félix maldijo y se golpeó el muslo.

Pequeños detalles se agolparon en su mente. Ben era arrogante. A Ben no le importaba tocar cosas muertas; puede que incluso disfrutara con ello. Ben sobresalía en el polígrafo. Y si a Ben no le pagaban los cárteles, lo hacía por placer.

Ben era un psicópata.

Félix suspiró. Ben podría ser un sociópata, o podría significar que Félix no era psicólogo. No podía asignar una etiqueta.

"Chicos", dijo Duke. "Tenemos que salir de esta zona de muerte. Especialmente si Ben está por ahí fuera".

Félix asintió y señaló la mochila de Jimbo. "Salvemos lo que podamos. Destruyan el resto".

"¡Ben!", escupió Duke mientras rebuscaba en la mochila de Jimbo. "Ya la ha destrozado".

Todo el cuerpo de Félix se debilitó. Le temblaban las rodillas y la bilis le llegaba a la garganta.

Es culpa mía. Yo dejé salir a Ben.

"Ben mató a Jimbo", dijo Félix.

La mochila de Jimbo—que antes había sido robusta, con el equipo empujando contra el armazón del ALICE—estaba ahora casi vacía, sólo quedaban artículos de aseo y ropa.

"Él también nos ha traicionado", afirmó Radamés con resignación. "No nos queda nada".

"¡Ben se llevó las provisiones de zapador de Jimbo y secó el agua!", añadió Duke. "¿Cómo podemos hacerlo? ¡Tenemos que detener a Ben! ¡Tenemos que matar a la serpiente!".

Félix volvió a mirar a la Gorgona muerta.

"Dijimos que era de treinta pies de largo, ¿verdad?"

Los otros dos soldados miraron a la bestia cubierta de escombros.

"*Pero*, eso no son nueve metros", dijo Radamés.

"No", espetó Félix, "no lo son".

"¿Quieres decir...?", preguntó Duke.

"El primero", asintió Félix, "hay otro y, sigue ahí fuera".

"Tenemos que salir de aquí", negó Duke con la cabeza. "Pero, ¿a dónde?".

"*Necesitamos* eliminar la amenaza", dijo Radamés.

"Sí", se rió Duke, "¿pero cuál? ¿Y cómo?".

Félix miró por encima del suelo del Cañón del Fresno. El cruel calor del desierto le desgarraba mientras pensaba. El antaño hermoso escenario de las escarpadas paredes de piedra caliza y los ornamentos desérticas de cactus y otra fauna se presentaba ahora como un peligroso obstáculo. Si el traidor o los replicantes no los mataban, Big Bend aún podía hacerlo.

"Estamos atrapados en el desierto sin agua. Sin recursos". Félix, el único americano superviviente del grupo, se rascó la barbilla. "Parece que estamos disparando desde la cadera".

Capítulo 35

Félix American Pony

"Como dijo una vez Franklin Pierce", Félix señaló hacia el norte, en dirección a las Cascadas del Fresno, "lo único que queda por hacer es beber".

Tenían que matar dragones, pero primero tenían que llegar al agua.

Actualmente, Franklin Pierce dijo que lo único que quedaba era emborracharse, pensó Félix. Pero no quería airear trapos sucios americanos delante de extranjeros.

La letalidad del desierto de Chihuahua sólo era igualada por su extraña belleza. Arbustos de mezquite con hojas en forma de periquito se extendían desde ramas nudosas e inclinadas a lo largo del suelo arenoso del desierto. Las pitayas de mejillas moradas coronaban los cactus color esmeralda cubiertos de espinas. Lagartos de cola batiente correteaban por la arena mientras un comité de buitres planeaba en un patrón anular, aspirando el creciente olor a icor.

"Siento que Ben tenía algún plan", dijo Félix mientras se acercaban a las Cascadas, "pero mi mente no lo entiende".

"*Tengo miedo de* no poder responder", Radamés se relamió, sin apartar los ojos del agua. "Creo que esto podría llevar potencialmente a una guerra entre México y Estados Unidos".

"¿Puedo decirte algo potencialmente ofensivo?", preguntó Duke.

Félix y Radamés se miraron y luego volvieron a mirar a su amigo.

"¿Qué pasa?", preguntó Félix.

"¿Y prometes no reírte?", preguntó Duke.

"No", rió Félix entre labios agrietados, "necesito reírme".

Duke suspiró: "Cuando era adolescente, era...".

Duke dejó de hablar y se ajustó el chaleco. Miró de reojo a Radamés y su rostro enrojeció.

"Yo... pertenecía a la subcultura japonesa que usaba ropa estilo cholo".

"Espera... espera", rió Félix, "el capitán Duke Hattori llevaba la camisa de franela—".

"Pañuelo negro sobre mi cabeza rapada, camisa blanca, Dickies", empezó Duke con la mirada baja. A pesar de su vergüenza, una renovada pasión sonó en su voz. "Tenis Converse negros, bellamente confeccionados, con costuras negras, y completando mi look llevaba una cadena de oro con un colgante de una calavera azteca con un adorno en la cabeza".

"Los matices culturales pueden malinterpretarse", dijo Radamés. "*Pero*, eso es cultura americana, creo que Félix debería ser el ofendido".

"No soy de Los Ángeles", tosió Félix por la risa deshidratada.

"Sólo quiero decir", continuó Duke, "que me duele el corazón. Al crecer en Japón, me fascinaba esa cultura. Esos dos países que tanto me inspiraron pueden entrar en guerra. Mi corazón está roto por mis amigos y las cuerdas se desgarran por el futuro".

A Félix le dio un vuelco el estómago al escuchar la conversación.

"La pasión brotará de los corazones de los estadounidenses enfurecidos por el derramamiento de sangre de los cárteles en su suelo. Pero usen su corazón", respondió el soldado del JDF. "Piensen en la crueldad del primer asesinato. La víctima fue despedazada. Incluso el burro de Jorge. Maltratar a los animales también irritará a la gente. Si se cree que los cárteles son los responsables, los estadounidenses se unirán no sólo contra el cártel individual responsable, sino contra los cárteles en su conjunto y cualquier entidad que esté vinculada".

Félix se frotó el hombro izquierdo con la mano derecha: "Se me hace un nudo en el estómago. ¿Les parece que los replicantes podrían provocar una guerra?".

TERROR EN BIG BEND

"Fácilmente", dijo Duke.

Radamés se acarició la barbilla. "Me parece que el razonamiento de Duke—aunque guiado más por la pasión de lo que normalmente me siento cómodo—se alinea con la lógica".

"Mi corazón está destrozado por lo que les ocurrió a nuestros amigos. Mi mente está demasiado cansada para razonar", dijo Félix, "pero mi instinto me dice que algo va mal. Sólo que no puedo poner mi dedo en la llaga".

Radamés chasqueó los dedos: "Eso es".

Félix sintió que desenfundaba su pistola, adoptando una excelente posición extendida. "¿Qué? ¿Dónde?"

"Lo siento", dijo Radamés. "No, no es un problema de seguridad. Estaba pensando que Duke tiene razón".

Félix apretó los dientes y volvió a enfundarse la pistola.

"No", continuó Radamés, "analíticamente, criaturas primordiales siendo liberadas en el Parque Estatal Big Bend no te hace pensar inmediatamente en una guerra, pero el corazón..."

Duke asintió y se dio una palmada en el pecho con el puño cerrado.

"El corazón clama justicia, ¡me atrevería a decir que incluso venganza!", dijo Duke.

"Pero", añadió Radamés, "¿qué lugar ocupa Ben en todo esto?".

El trío se detuvo ante el agua. Félix desenfundó su pistola, permitiendo a los otros dos hombres beber agua y rellenar sus equipos de hidratación. Había un alto riesgo de enfermedad, pero el agua sucia era mejor que la deshidratación.

"Tu mente va a estar exigiendo la respuesta a esa pregunta", dijo Félix. "Sus cerebros pueden estar diciéndoles una cosa, pero no vamos a ignorar esa sensación visceral. En este momento, estamos reconstruyendo, pero algo me dice que Ben está en la mezcla. De alguna manera, él está detrás de este desastre".

Capítulo 36

El Gorgón

El análisis de Félix había sido correcto.

El gran Gorgón aún merodeaba por Big Bend. Después de descansar, la comida del monstruo limpiaba su estómago, permitiéndole moverse sin trabas. El monstruo recubría sus bigotes de saliva trazándolos con su lengua áspera y negra. Como un arco de violonchelo empapado en resina, los bigotes sonaban ahora más nítidos. Sonidos y olores corrían hacia el monstruo.

Sus ojos brillaban en un éxtasis casi sensual: olía a humano. El olor dulce y férreo de la sangre derramada flotaba hacia el cielo. Sus ojos estallaron de excitación. Esprintó con una gracia terrible desde El Solitario. Sus patas ensangrentadas lo balancearon a lo largo de la extraña geología del volcán tejano. Con facilidad, alcanzó la superficie plana y continuó su carrera. Sin decaer, su velocidad aumentó. La tierra pasó zumbando junto al Gorgón mientras ésta corría. Mantenía la boca abierta para que entrara el aire.

A su manera animal, el monstruo sintió libertad y alegría cuando el aire rozó sus escamas, refrescando su cuerpo en el intenso calor de Texas. Todo su cuerpo se calentó; sensaciones como la piel de gallina le helaron el cuerpo al oler la sangre.

El aroma del icor le llevó al Cañón del Fresno. Con una bestial sensación de júbilo, la criatura saltó hacia el lecho seco del arroyo.

TERROR EN BIG BEND

Algo era diferente.

No sólo su sentido le alertó del olor a cadáveres humanos. Otro olor llegó a sus fosas nasales, enviando un extraño mensaje a su cerebro. Su cola se agitó de izquierda a derecha en un movimiento de ansiedad mientras seguía el rastro.

El monstruo vio por primera vez el cuerpo de Jimbo. Con fervor involuntario e inmediato, su boca salivó. A pesar de su repentino impulso carnal, la curiosidad le hizo avanzar y alejarse del luchador caído.

¿Qué era ese nuevo y extraño olor?

El monstruo vio el cuerpo de Roy Raúl. Los animales podían oler el miedo en una persona, pero Roy era todo lo contrario. El monstruo podía percibir la valentía y el desafío que cubrían al luchador con un olor particular.

En sus escenarios originales—el laboratorio del cártel y luego la tierra del narcotraficante—no había podido cazar. Su amo había arrojado víctimas atadas a su terreno, y ahora, el imperio del monstruo se había expandido. La sed de sangre y la emoción de la caza la consumían ahora. Nuevas sensaciones sacudieron a la bestia. Sí, la pasión, la excitación por alimentarse y devorar los cuerpos abatidos. Algo diferente golpeó a la bestia.

Entonces lo vio:

El cuerpo de la Gorgona más pequeña caída.

Empujó su hocico hacia adelante, permitiéndole tocar el cadáver de su especie. La Gorgona más pequeña había sido emparejada con un propósito particular para la más grande:

Había sido diseñada para ser su pareja.

Todo su cuerpo se estremeció.

La Gorgona era un replicante diseñado para reflejar la forma del Gorgón Sinápsido. Su estructura, aunque casi idéntica salvo por su tamaño exagerado, era el resultado de la manipulación celular cuando era un embrión. Los científicos realizaron ingeniería inversa y manipularon su sistema celular, creando su forma monstruosa.

En la creación del monstruo, se había determinado que necesitaba una pareja.

Pero los científicos no le habían dado una pareja para producir descendencia. La hembra fue diseñada debido a la necesidad del monstruo de compañía. Necesitaba una hembra para evitar la frustración sexual. El Gorgón tenía muchas características felinas, y un gato primordial de nueve metros, incapaz de liberar su semilla, sería una amenaza para cualquiera que se le acercara.

El Gorgón sentó una pata sobre el cadáver del monstruo hembra. La ciencia había advertido sobre la antropomorfización de la fauna, pero la complejidad emocional del reino animal era demasiado difícil de describir. Como Jane Goodall había demostrado al mundo en sus investigaciones, describir a los animales en términos humanos era la única forma de comunicarse adecuadamente con el mundo exterior. A pesar de la lujuria de este monstruo por la carne humana y su agresividad hacia todos los seres vivos, seguía teniendo reacciones específicas. Los científicos se negarían a atribuir emociones como el miedo y el remordimiento a un animal, pero el estado emocional del Gorgón podía verse fácilmente:

El monstruo estaba triste.

Ya no tenía la oportunidad de compañía o la capacidad de liberar su semilla. Su compañera había muerto. Los humanos habían echado una maldición sobre su existencia, condenándolo al aislamiento. Frotó su hocico con ternura contra el cráneo ensangrentado de la hembra.

Estaba solo.

Ahora, el único de su especie, estaría solo para siempre.

Y mientras calmaba su dolor, otro extraño olor lo sacudió. Desde la cabeza de la hembra, se dirigió hacia la parte inferior de su cuerpo. Los escombros de la emboscada fallida la cubrían. Golpeó los escombros con sus poderosas zarpas, apartándolo de su compañera caída. Se arrastró hacia delante y colocó la cabeza sobre sus cuartos traseros.

Se echó hacia atrás sobre sus ancas e inclinó la cabeza hacia el cielo. Lanzó un aullido de dolor, un grito que combinaba compasión y horror. La hembra no había muerto sola. Un olor específico emanaba de sus entrañas.

Ella estaba esperando a su cría.

Capítulo 37

Félix American Pony

Félix miraba a través de sus binoculares mientras sus dos desesperados amigos bebían agua de las Cascadas el Fresno.

¿Qué es eso?

Una estela de polvo se elevó en el aire. Su mente inmediatamente pensó en la serpiente. Mientras su mente corría hacia aquel demonio sin patas, otras partes de su cuerpo, todas conectadas a su mente, también lo hacían. Podía recordar los olores y las sensaciones que encontró cuando vio por primera vez a la bestia en Cañón del Fresno.

"Chicos, prepárense", dijo Félix. "¡Está regresando!"

"No tenemos nada", oyó susurrar a Radamés.

Todo el cuerpo de Félix se tensó cuando, a través de los binoculares, vio la estela de polvo que se acercaba. El Gorgón había aterrorizado a Félix, pero esta serpiente creaba una sensación de terror diferente con su cabeza en forma de lanza, su lengua bífida y sus escamas. Su movimiento sin extremidades parecía tan extraño mientras se desplazaba sobre el suelo desértico. Los ingenieros debieron de tener un sentido del humor particularmente enfermizo cuando le dieron al monstruo su color negro con escamas rojas y ojos rayados.

Félix se estremeció.

"¿Dónde podemos escondernos?", pensó.

El monstruo se había escabullido por el duro desierto de Chihuahua, inmune al terrible terreno de Texas. No sólo el entorno parecía incapaz de impedir su avance, sino que el ritmo misterioso de su locomoción haría que todos se detuvieran.

Mientras Félix observaba cómo se acercaba el polvo, todo su cuerpo se estremeció. Como ratas, se habían hacinado en una grieta de la montaña. Las pistolas tenían poco o ningún efecto y la gran serpiente había parecido encogerse de hombros ante los disparos de los rifles de Radamés. Pero si todas las balas se hubieran concentrado en su cabeza, los resultados habrían sido diferentes. Félix permaneció fuera, vigilando su seguridad.

Eso no parece una serpiente, pensó. Apartó la cabeza de los binoculares y trató de comprender la situación.

"Eso parece un... tanque", dijo Félix en voz alta.

Félix reconoció el vehículo.

"Es un RIPSAW F4".

Era un tanque que podía viajar hasta ochenta kilómetros por hora. Tenía una cabina similar a la de un camión. Aunque el chasis no podía soportar el peso del cañón principal de un tanque tradicional, seguía proporcionando una excelente cobertura para terrenos como éste.

El Ripsaw se detuvo, levantando rocas mientras las resistentes orugas de goma patinaban hasta detenerse.

"Esto podría complicar las cosas con Radamés", dijo Félix. Había oído hablar de unidades militares latinoamericanas que se pasaban a los cárteles y de rumores de que esas unidades cruzaban fronteras internacionales para vender productos ilegalmente.

"Pero, ¿un tanque?", Félix se rascó la cabeza. "¿Y algún ejército centroamericano tiene un tanque de esa velocidad?".

Utilizando los binoculares, recorrió con la mirada el arma rodante. En el tanque, Félix logró divisar un diseño parecido a un tatuaje, expertamente dibujado y colocado en la cabina.

"¿Ese tanque tiene un tatuaje de payaso asesino?".

En su época de policía, Félix había visto diseños similares. Pero este en particular era diferente. No era un payaso eurocéntrico tradicional. El dibujo tenía la cara blanca, como un payaso, pero también estaba hecho para que pareciera una calavera, como las imágenes que se ven en las decoraciones del Día de Muertos. Encima de la terrorífica cara pintada de blanco había una boina negra.

"Eso no es un payaso", Félix ajustó las lentes. "Eso es un mimo".

Félix se llevó la radio a los labios y pulsó el micrófono para hablar.

De repente, Ben Andrade salió de una posición oculta. El traidor saludó y caminó hacia el tanque.

"¿Ben?".

La rabia invadió a Félix. Quería matar al cobarde, pero sus pistolas no alcanzaban esa distancia y sólo servirían para alertar al tanque de su posición.

"Una imagen vale más que mil palabras", dijo Félix. Dejó los binoculares en el suelo y buscó su teléfono inteligente del chaleco. Utilizando una aplicación especial de cámara de su teléfono, hizo zoom y pulsó el botón.

Al hacerlo, un hombre se levantó de la escotilla.

"¿Este tipo va en serio?".

El hombre caminó desde la parte trasera del tanque y luego hacia Ben. Llevaba lo que parecía un mono táctico negro. Pistolas, cuchillos, una radio y otras herramientas tácticas variadas adornaban el mono. El hombre no llevaba camisa visible debajo, lo que dejaba al descubierto un grueso vello pectoral de color azabache, con músculos robustos y cubiertos de venas. En las manos llevaba guantes largos negros que le llegaban hasta los codos. Su cara estaba pintada de forma idéntica al diseño: pintura blanca cubría su rostro con marcas negras alrededor de los ojos y la nariz. El contorno de la boca tenía una fina línea, con puntadas para darle más aspecto de calavera. Y su larga melena negra hasta los hombros era adornaba con una boina negra.

"Chicos, tienen que ver esto", susurró Félix en su micrófono. "Manténganse agachados, pero vengan aquí".

"Entendido", dijo Duke por la radio.

Félix se acostó contra el suelo, todavía observando a la pareja.

"¿Qué tienes, amigo?", dijo Duke, mientras se acostaba junto a Félix.

El agente de la BIA entregó al soldado japonés de autodefensa sus binoculares.

"Veo a Ben... veo... ¿un tanque?", entonces la voz de Duke se hizo más baja, "y un tipo con la cara pintada de blanco..."

"¿Qué acabas de decir?", preguntó Radamés.

"Toma", Duke le entregó los binoculares a Radamés.

El soldado mexicano sujetó el aparato por los ojos.

"*¡Chingada!*", Radamés apretó los dientes.

Félix y Duke se miraron y luego volvieron a mirar a Radamés.

"Hemos localizado el tanque robado", Radamés negó con la cabeza.

"¿Eso es un tanque robado?", preguntó Duke.

Radamés bajó los ojos, como para ocultar su vergüenza: "Del cártel".

"¿Los cárteles tienen tanques?".

"Ustedes tienen los Yakuza—"

"¡Chicos!", Intervino Félix, calmando la situación. "¿Qué está pasando? ¿Con el tanque? ¿Con el mimo?"

Radamés negó con la cabeza. En el *Heroico Colegio Militar* se había especializado en matemáticas. Funcionaba con la razón y la lógica—pero ahora le sacudían las emociones y la vergüenza. Un problema que había resuelto en su país natal se había extendido al norte y otros lo sabrían. Cerró los ojos, se concentró en el problema y el color se le fue de la cara: "Su apodo es El Mimo. Y es la parte más peligrosa de esta historia".

Capítulo 38

Félix American Pony

"¿Qué es un El Mimo?", preguntó Duke, susurrando mientras se agazapaban tras las rocas de las Cascadas el Fresno del Big Bend.

"No, no, la pregunta correcta es *¿quién* es El Mimo?". Félix sacudió la cabeza y se volvió hacia Radamés. "¿Robó un tanque? ¿De un cártel?".

"Yo calificaría al hombre como un loco", Radamés seguía mirando por los binoculares, "pero creo que mi análisis se queda corto".

"¿Y qué hace Ben con él?", preguntó Félix. "Ben es un conspirador, pero no está loco".

"Yo tampoco creo que El Mimo encaje en esa categorización", afirmó Radamés con ecuanimidad, bajando los binoculares y pasándoselos de nuevo a Félix. "Acabas de decir que está loco", dijo Félix.

"Dije que lo *describiría* así", Radamés se puso de rodillas, y continúo explorando la zona, "pero eso es sólo porque no tengo otra forma de caracterizar racionalmente a un individuo así. Ningún término médico se relaciona directamente con El Mimo".

"¿Ataca a los cárteles?", preguntó Duke. "Deberías estar encantado".

"No...", Radamés sacudió la cabeza, "ataca todo. Cualquier cosa que presente algún tipo de orden".

Félix también se puso de rodillas y se echó la mochila de asalto a la espalda.

"Me parece que estás tratando de decir que El Mimo es un anarquista", Félix apretó las correas de su mochila.

Radamés señaló hacia el agua, haciéndole saber al otro adónde quería ir.

"Mmm...", Radamés se rascó la barbilla, "*pero* había algunas motivaciones políticas".

"¿Políticas?", Félix torció el cuerpo de lado mientras bajaba por la pendiente.

"¿Conoces tú la nota de Zimmerman?", Radamés gruñó mientras descendía.

"Es una pregunta un poco incómoda viniendo de ti", preguntó Félix.

Radamés miró de izquierda a derecha. "*Creo que*, en este momento, es mejor que revele una historia largamente reconocida dentro de la comunidad de inteligencia mexicana".

"¿Qué tratas de decir tú?", gruñó Félix mientras continuaban su caminata.

"El intento de instigación a la guerra por parte de los alemanes no fue exclusivo de la frontera entre México y Estados Unidos".

"¿Cómo es eso?".

Radamés dejó de caminar y miró hacia abajo. Arrugó los rasgos de su rostro mientras se debatía con su pensamiento.

"La Francia de Vichy", dijo Radamés.

"¿El estado títere francés?", preguntó Félix.

Radamés hizo una mueca: "Un poco más complicado que eso".

"¿Qué tiene que ver El Mimo con la Francia de Vichy?", Félix se rascó la cabeza.

"Primero, el significado cultural del mimo". Radamés señaló al aire. "Luego, el Japón Imperial solicitó ayuda para neutralizar a las Águilas Aztecas, que tan perjudiciales habían sido para sus empresas en el Pacífico. La Alemania nazi, tratando de mantener fuertes relaciones con su homóloga japonesa, accedió e intentó empujar a la Francia de Vichy a la guerra con Alemania".

"Eso no tiene ningún sentido", Félix sacudió la cabeza.

"De hecho, es una interpretación plausible", rebatió Radamés, con voz mesurada y analítica. "La derrota del ejército francés por parte de México sin duda dejó una impresión duradera. Los nazis probablemente percibieron la oportunidad de explotar el deseo de venganza y aprovecharlo en su beneficio. Además, la perspectiva de expandir el conflicto a Norteamérica tendría importantes implicaciones estratégicas".

"Entonces, ¿es anarquista o partidario de la Francia de Vichy?", dijo Félix mientras el trío seguía caminando hacia el norte por el Parque Estatal Big Bend.

Radamés se rascó la barbilla: "Es irónico".

"Vamos, Radamés", dijo Félix, bramando con evidente impaciencia, "No estamos aquí para un debate. Necesitamos respuestas, no elucubraciones sobre filosofía".

El soldado mexicano levantó las manos. "Es paradójico. Algunas de las protestas más violentas son las que se hacen por la paz. Del mismo modo, para combatir la amenaza de una toma del poder por parte del gobierno comunista, la democracia liberal utilizó la extralimitación gubernamental".

"Ve al grano", Félix puso los ojos en blanco.

"Digo que El Mimo es ambas cosas". Radamés señaló la zona.

"¿Un autoritario y un anarquista?". Félix sintió que su cuerpo se calentaba, enfurecido por su propia confusión.

"En la Segunda Guerra Mundial, ciertas facciones nazis intentaron persuadir a la Francia de Vichy para que intentara reconquistar México y vengarse del Cinco de Mayo", dijo Radamés. "Los monárquicos franceses que apoyaban a Philippe Pétain seguían teniendo una intensa animadversión hacia Estados Unidos por el apoyo federalista a la Revolución Haitiana. La ayuda de Alexander Hamilton a la Constitución haitiana tensó aún más las relaciones franco-estadounidenses y la Francia de Vichy no lo había olvidado. El gobierno fascista francés envió unidades de comandos para recabar información en México. Sin embargo, antes de que sus planes pudieran materializarse, la derrota de Hitler a manos de los Aliados alteró el curso de los acontecimientos. Algunos de los servicios de inteligencia de la Francia de Vichy, que en ese momento quedaron incapaces de regresar a casa, se quedaron. Así como cientos de miles de alemanes y nazis huyeron a Argentina, algunos descendientes de comandos de la Francia de Vichy se quedaron en *mi casa*".

"Siento hacia dónde va esto", dijo Félix. "No es un anarquista tradicional, pero al ver el fracaso del colonialismo francés, se enfadó—".

"Sí", asintió Radamés con el estoicismo que le caracteriza. "Si su amo Philippe Pétain carecía de control, el caos sería la única alternativa que aceptaría".

"¡Eso es!" Dijo Félix. "De alguna manera, El Mimo debe haber dejado sueltos a los replicantes del cártel para instigar la guerra entre nuestros dos grandes recursos".

"Pero mi pregunta es...", empezó Radamés, "¿por qué Ben Radamés se unió a El Mimo? ¿Cómo sabía El Mimo lo de los replicantes?".

"Lo estás pensando sólo en términos de números y pensamiento racional", dijo Duke, rebatiendo a Radamés. "Para Ben, es una respuesta fácil. Ben era malo y se sentía atraído por cualquier cosa que le permitiera ser así. Asesinos y matones viajaron a Siria para unirse al ISIS. A diferencia de otras organizaciones terroristas, los reclutas del ISIS solo se unían para matar".

"¿Y su inteligencia de la ingeniería genética?", Félix preguntó. "¿Quién dejó que un psicópata como El Mimo supiera eso?".

"En cuanto al conocimiento de El Mimo sobre los replicantes, eso es fácil. Muchos científicos del Eje huyeron de la persecución o recibieron puestos de poder. Su red habría compartido esa información".

"Esto desembocará en una guerra", dijo Radamés.

"No podemos dejar que esto suceda", dijo Duke. "Mi corazón dice que encontremos a El Mimo y acabemos con la amenaza".

"Escuchen", dijo Félix. "Si lo detenemos—si podemos matar a El Mimo—liberaremos a Mondragón y a los demás para matar a los monstruos".

"*Pero*, nuestra situación carece de recursos", contraatacó Radamés.

"Ya me oíste, *amigo*", Félix señaló hacia el norte, "lo haremos sobre la marcha".

Radamés se rió y sacudió la cabeza: *"Gringos"*.

Capítulo 39

Félix American Pony

Félix levantó un mapa del Parque Estatal Big Bend mientras el trío caminaba hacia el norte.

"¡Aquí!", señaló el papel sin dejar de moverse. "Aquí es donde nos dirigimos".

Radamés tomó el mapa: "Exóticos de Torres".

"¿Exóticos?", preguntó Duke. "¿Como animales exóticos?".

"Sí", asintió Félix mientras continuaban hacia el norte.

"No sé ustedes", rió Duke, "pero yo creo que ya estoy cansado de ver exóticos".

"Estoy de acuerdo contigo", dijo Radamés.

"Estoy ahí con ustedes, chicos, confíen en mí", dijo Félix. Pero no podemos permitirnos no aventurarnos allí. No tenemos recursos. Y ese lugar tendrá algunos que estoy buscando".

"Como, por ejemplo, ¿usar a los animales de cebo?", Radamés se rascó la cabeza. "¿Pensé que estábamos concentrados en El Mimo?".

"Vamos, Radamés", le reprendió Félix. "Tú eres el que tiene el cerebro más grande. ¿Qué recursos tendría una granja?".

Radamés chasqueó los dedos: "Te lo tengo".

"¿De qué estás hablando?", preguntó Duke.

"Estás diciendo que una granja tendrá alimento. Probablemente tendrá heno", respondió Radamés.

"Y", a Duke se le iluminaron los ojos, "el heno necesitará fertilizante...".

"Y si tenemos fertilizante", dijo Radamés, "tenemos una bomba".

Capítulo 40

Yennifer Santa-Anna

"Mi sancha", dijo Oliver Olivera mientras se acercaba para besar a Yennifer Santa-Anna.

"Te dije que no me llamaras así", Yennifer sacudió la cabeza hacia un lado. Su pelo rubio decolorado le dio una bofetada.

"Oh, vamos, nena", dijo Oliver.

"¿Se supone que debemos estar aquí?", preguntó ella. "Parece que esto está fuera de los límites".

"Te lo dije", le respondió él, "es el Cañón Tapado. Es una caminata para llegar aquí, pero vale la pena".

"¿Traerías a tu mujer aquí?", ella golpeó su mano contra el suelo del desierto, "¿o la habrías sacado en un lugar más público?".

"Yennifer—".

"Nunca quise ser tu amante. Dijiste que te casarías conmigo".

Oliver suspiró; se levantó y empezó a caminar hacia su tienda.

"¡No!", gritó ella. "¡Puedes dormir fuera!".

"Pero—".

"Si eso es para lo único que me utilizas", ella se rió, "entonces parece que es lo único que puedo controlar".

"Pero utilicé mi permiso por enfermedad para estar contigo".

Yennifer, aún sentada en el suelo, se apartó de Oliver. Le oyó maldecir en voz baja y abrir la cremallera de la tienda. Le sintió dar un pisotón en el suelo al pasar junto a ella.

Yennifer, en silencio, entró en la tienda. Cerró de nuevo la tienda. Se desmaquilló y, completamente vestida, metió las piernas en el saco de dormir. Después de un día tan agotador, no tardó en quedarse dormida.

Poco después, Yennifer se despertó al sentir temblar la tienda.

Una voz gritó: "¡Cariño, cariño!".

"¡No te quiero hablar, Oliver!".

"No es lo que piensas", le temblaba la voz. "*Ayúdame*, por favor".

"¿Oliver?", chirrió su voz mientras su mente luchaba por comprender la situación.

"*Por favor Sancha, por favor*", susurró él.

"Te dije...", se interrumpió al oír lo que supuso que era Oliver temblando. "¿Oliver?".

Su respiración se hizo más tranquila.

"¡No es gracioso, Oliver!".

Pero a pesar de su molestia y frustración, a Yennifer le dolía el corazón. Se arrastró hasta ponerse de rodillas y deslizó la puerta con dedos lentos y cuidadosos. No había contaminación lumínica industrial en el cielo nocturno del condado de Presidio. Si bien esto permitía una gran observación de las estrellas, también disminuía casi toda la iluminación. Yennifer tembló de miedo mientras miraba fijamente la noche, que sólo iluminaban retazos de rayos lunares.

"Oliver", susurró. "¡Oliver!"

Un arbusto de mezquite tembló cuando Oliver se levantó. Aunque el Big Bend tenía vegetación, no proporcionaba cobertura. Espinas y pinchos cubrían la flora, lo que dejó a Yennifer perpleja cuando vio a Oliver de pie junto a un mezquite.

"¿Estás bien?", se estremeció al pensar en la rudeza que estaría cortando la piel de Oliver.

Oliver negó con la cabeza y dio un paso adelante.

Yennifer tragó saliva; tenía los ojos desorbitados.

Oliver tenía los pantalones manchados.

"¿Mi amor?".

Levantó los brazos como un niño y avanzó tambaleándose. Yennifer corrió hacia él. La envolvió en sus brazos, apretando su cuerpo contra el suyo. Ella luchó contra la bilis que le subió por la garganta mientras el aroma a excremento le punzaba los sentidos. Se zafó del abrazo, pero siguió agarrada a su mano.

"Va-va-vámonos", dijo él.

"¿Has visto un oso o algo?".

Oliver la miró con ojos saltones y arrepentidos. Asintió con la cabeza.

"*Atrás*", dijo, "volvamos a la camioneta".

Yennifer extendió la mano hacia la tienda. Oliver tiró de su mano. Un dolor agudo y abrumador le golpeó la clavícula.

"¡Me haces daño!", gruñó. "Podemos irnos, bien, vámonos".

La pareja comenzó su larga caminata hacia el sur. Múltiples emociones golpearon a Yennifer, y aunque luchaba por sobreponerse, seguía creyendo que ir de excursión al sur era la respuesta.

"Uh-uh-uh-uh", los labios de Oliver temblaron. Con una fuerza llena de adrenalina, agarró la mano de Yennifer. Ella acercó su otra mano a la de él, intentando romper su agarre. Bajó la mirada, pero cuando el agarre se aflojó, respiró aliviada.

"Oli—"

Entonces lo vio.

El gran Gorgón merodeaba detrás de ellos. A pesar de su enorme tamaño—un cuerpo de unos nueve metros—el monstruo se adelantó en silencio.

"¡Aquí!", dijo Oliver. Yennifer sintió que dos manos le golpeaban la espalda y la empujaban hacia delante. Su pecho chocó contra el suelo rocoso. Su clavícula, ya magullada, chocó contra una gran roca gris. Gritó al romperse la clavícula. El hueso penetró en su carne, dejando al descubierto el hueso blanco del cuello. Se golpeó la cabeza contra el suelo de arena caliente.

A pesar del dolor, oía a Oliver detrás de ella. Le oyó alejarse de ella cojeando.

Pero mientras Oliver corría detrás de ella, la bestia estaba delante.

"¡NO!", gritó y cerró los ojos mientras el Gorgón corría hacia ella. Sintió el enorme peso de la bestia golpear su rodilla. Gritó de dolor al sentir que su pierna se doblaba hacia atrás.

Pero entonces el Gorgón la abandonó. Corrió por encima de ella y la pasó.

Fue directamente hacia Oliver.

"*¡Ayúdame!*", gritó mientras el Gorgón se abalanzaba. Las extremidades delanteras del monstruo aterrizaron sobre el torso del hombre, estampándolo contra el suelo. Ambos golpearon el suelo con tanta fuerza que las rocas y el polvo salieron disparados por el impacto. Yennifer vio cómo el monstruo lanzaba la cabeza hacia delante. Mordió la cabeza de Oliver y luego la soltó.

Oliver gritó. Mientras el monstruo mordía y abofeteaba a Oliver con sus enormes zarpas, Yennifer comprendió lo que estaba ocurriendo. Aunque cubierta de una piel áspera como la de un paquidermo, el Gorgón tenía fuertes características felinas. Se estremeció al ver cómo el Gorgón mordía la pierna de Oliver y lo lanzaba hacia el cielo.

Mientras Oliver gritaba y saltaba por los aires, el monstruo saltó y atrapó al hombre con la boca. Yennifer había visto a gatos domésticos demostrar un comportamiento similar cuando atrapaban un ratón; los gatos dejaban viva a la rata y practicaban sus habilidades de caza. Oliver gritó cuando el Gorgón golpeó con ambas patas las piernas de Oliver. Ella sabía lo que estaba haciendo. Estaba jugando con Oliver; estaba jugando con su presa.

Capítulo 41

Félix American Pony

La arena del Cañón del Fresno se había colado en la bota de Félix. Granos de arena y piedras minúsculas le cortaron la piel del pie. El trío no había dormido desde el encuentro con la Titanoboa en el Cañón del Fresno. Sus respectivos países y organizaciones habían entrenado y seleccionado especialmente a los tres hombres.

Pero ni siquiera ellos, con sus diversos antecedentes, podían combatir del todo el efecto de la fatiga tanto en el cerebro como en el cuerpo.

Félix se llevó el kit de hidratación a la boca y aspiró el agua tibia.

"Al menos esto está mojado", dijo. A pesar de lo desagradable del agua, Félix no podía permitirse escupirla.

"Tengo miedo", dijo Radamés, "de *que* si nos acercamos a este lugar—los exóticos—esas criaturas, confundidas por la presencia de dos depredadores alfa puedan actuar de otra manera con nosotros".

"¿Cómo atacarnos?", preguntó Duke, agarrándose el punto lateral de los abdominales derechos mientras caminaba.

"No sólo eso", dijo Radamés. "Serán... *como se dice... indiferentes*".

"Estás diciendo que lo que sea que este en esa exótica zona podría actuar como los alces de Montana. Nos pasarán por encima", reconoció Félix.

Es interminable. Félix sintió los ojos de sus compañeros mirándole. Esbozó una débil sonrisa, intentando apaciguar cualquier temor.

Pero no se puede calmar el miedo de una Titanoboa, pensó.

El calor seco seguía desgarrando sus cuerpos. El sudor pintaba sus ropas con anillos grises. Pero a pesar del terror al que se enfrentaban, este dolor compartido había creado –no- forjado algo más:

La amistad.

Félix se frotó el pecho. Aún sentía agonía por Mostacho, Roy y Jimbo. Habían entregado sus vidas luchando contra el terror que amenazaba el Big Bend. Félix y los dos amigos que le quedaban necesitaban descansar. Necesitaban detenerse y comer, pero los recuerdos les empujaban hacia delante.

"¿Estás seguro de que este es el camino correcto?", preguntó Radamés.

"Diablos", rió Félix, "me lo estoy inventando sobre la marcha".

"*Dame* el mapa", resopló Radamés.

Félix sacó el mapa de su chaleco y se lo entregó al soldado mexicano. Radamés se lo acercó a los ojos y luego lo sacó, como un hombre mayor que se adapta a sus lentes bifocales.

"Yo diría que nos estamos acercando bastante", dijo Duke.

Mientras estudiaba el mapa cubierto de sudor, Radamés abrió los orificios nasales—su enfado se hizo evidente. "*¿Por qué?*", preguntó Radamés, sin levantar la vista del mapa.

"Porque...", rió Duke y señaló, "no he visto demasiadas casas en los árboles en el desierto".

Félix miró hacia donde Duke señalaba. Un par de árboles exóticos con una base fuerte florecieron en un paraguas volcado de ramas y hojas densamente empaquetadas. En la base del árbol más grande había una casa de madera finamente trabajada. La madera se unía componiendo un diseño arquitectónico de estilo Reina Ana con una torre poligonal y un tejado cónico. El arquitecto había plantado y entretejido mezquites en las tejas, adornando el ecléctico diseño con una marcada estética desértica. Un puente de cuerda se extendía desde la casa del árbol hasta el árbol exótico más pequeño del desierto, donde descansaba una casa del árbol más pequeña de diseño similar.

"¿Esto es un espejismo?", preguntó Félix en voz alta y se frotó los ojos.

"¿Una alucinación compartida?", bromeó Radamés. "¿Por el agua contaminada tal vez?".

"Si lo es", rió Duke, "eso no cambia su belleza".

Félix se quedó boquiabierto, asombrado por la fantástica artesanía mostrada.

"Recuerda", ajustó la honda de su escopeta. "Cualquier animal que esté por aquí podría actuar de forma diferente".

"¿Tienes arruinarlo todo?", dijo Duke, con la cabeza hacia atrás, todavía estudiando las casas de los árboles.

"Esas son...", dijo Radamés mientras se rascaba la barbilla, "dragos de Socotra. Los estudié *en Heroico*. Una planta de Yemen...".

"Tranquilo, Einstein", se burló Duke. "La naturaleza es lo suficientemente hermosa sin tus comentarios".

"¡Chicos!", Félix intervino. "Todavía tenemos una misión aquí".

"Creo que tenemos que encontrar una manera de subir", dijo Radamés.

Félix apretó los dientes ante la obviedad. Puso los ojos en blanco.

"Y me parece que esa escalera de ahí", señaló Duke, "es la mejor respuesta".

De nuevo, los ojos de Félix se dirigieron en la dirección que señalaba el soldado japonés. Debajo de la base de la casa del árbol más grande había una escalera de cuerda finamente tejida.

El trío mantuvo la seguridad. Ajustaron sus largos brazos mientras observaban la zona.

Félix echó la cabeza hacia atrás y estudió la enigmática arquitectura. "¿Ustedes dos, gruñones, han entrado y despejado alguna vez una casa en un árbol?".

Capítulo 42

Yennifer Santa-Anna

Yennifer gritó de dolor. Sus gritos se adentraron en el Cañón Tapado y rebotaron en las montañas Bofecillos, resonando por todo el Parque Estatal Big Bend.

"Mi rodilla", sollozó.

El dolor le recorría todo el cuerpo mientras se empujaba sobre las manos y las rodillas, luchando por sentarse derecha.

"¡Oh, no!", se miró la rodilla derecha. Sus pies giraron cien grados y el derecho se clavó en la arena. Se le subió la bilis a la garganta y luchó contra las ganas de desmayarse al ver su rodilla completamente contorsionada. Había crecido jugando al baloncesto y como animadora y sabía lo que había pasado.

Se había roto el ligamento cruzado anterior.

Ahora se estremecía pensando en el momento en que había ocurrido. El Gorgón le había golpeado la parte inferior del cuerpo con sus poderosas garras. Tantos factores de dolor—el terreno escarpado bajo su espalda que laceró su carne, las garras que desgarraron su rodilla y la presión del inmenso peso que se estrelló contra su pierna. A pesar de la complejidad de la conmoción, había oído la rotura del ligamento.

"¿Por qué no me ha matado?", se preguntó en voz alta. "Me ha dejado aquí".

El Gorgón había pasado una hora jugando con su amante semi-inconsciente. En su estado de incapacidad, no podía proporcionarle alivio, pero de vez en cuando le había lanzado piedras, algunas de las cuales habían golpeado accidentalmente a Oliver. De repente, el Gorgón se detuvo. Había golpeado el suelo con ambas patas, como un can jugando con su juguete. Luego echó la cabeza hacia atrás y olfateó el aire.

"*¡Suéltalo!*", gritó Yennifer.

Pero el monstruo no obedeció. En lugar de eso, agarró a Oliver por la ingle con sus terribles dientes de sable y se alejó corriendo con el moribundo en la boca.

"¡Ayúdameeeeeeeeeee!", la voz de Oliver se fue suavizando a medida que el monstruo lo arrastraba por el parque estatal Big Bend.

¿Por qué había desaparecido tan de repente?, pensó.

"Auchh", gimió Yennifer cuando trozos de los restos de Oliver que no se había dado cuenta de que goteaban de su mano empezaron a gotear sobre su cara. "No corrió como si estuviera asustado, pero no quería estar aquí".

La adrenalina corrió por su cuerpo, alimentando sus músculos de energía. Se levantó e intentó ponerse de pie.

"¡NO!", gritó. La gravedad la golpeó y la derribó. Se estrelló contra el suelo. Su cara chocó contra un cactus cubierto de espinas. Gritó agónicamente mientras unas largas agujas le atravesaban el ojo derecho. La aguja atravesó la córnea, penetró en la pupila hasta clavarse en el nervio óptico.

"*¡Estoy ciega!*", gritó y se agarró la cara.

Toda la luz desapareció de su destrozado ojo derecho.

Gritando, Yennifer se incorporó. Pero, aunque el dolor agónico asolaba todo su cuerpo, sería breve.

"Por ti corrió", se dijo. A pesar de su miseria, su ojo izquierdo captó la horrible imagen que tenía ante ella:

La cabeza de la gran Titanoboa.

No golpeó. No lo necesitaba—Yennifer había quedado ciega y lisiada. En cambio, la gran serpiente conservó su esmeril. No golpeó. No constriñó.

Abrió la boca, bajando sus mandíbulas. Salió disparada hacia delante, sin morder, pero cerrando la boca alrededor de las piernas de Yennifer.

Yennifer golpeó con sus manos la cabeza de la serpiente. Pero el leviatán terrestre sin patas se movió sin inmutarse.

Su boca se arrastró hacia delante, sobre su pecho, inmovilizando sus brazos contra su cabeza. Entonces, con un último empujón, la Titanoboa salió disparada hacia delante, engullendo con su gran boca a la gritona Yennifer.

Se tragó a Yennifer entera. Con un dolor indescriptible y a paso rezagado, Yennifer fue digerida en el vientre de la gran serpiente.

Capítulo 43

Félix American Pony

Félix subió por la escalera de la casa del árbol. En la parte inferior de la enigmática estructura situada en el desierto de Chihuahua había una puerta con un picaporte cerrado. Estaba diseñada para desbloquearla desde esta sección y luego trepar al interior.

"Eso es bastante alto", dijo mientras se tomaba unos segundos y observaba el mundo bajo él.

"¿Estás bien?", preguntó Duke a través de la radio.

Félix miró a Duke, que estaba de pie en la base de la escalera. Esbozó una sonrisa artificial y levantó el pulgar. Debajo de él, la escalera se extendía más de seis metros.

"Odio las alturas", suspiró y rodeó la cuerda con las piernas, asegurándose. Sacó un par de cizallas de su chaleco y alargó la mano para cortar la cerradura de la puerta. Pero, para su sorpresa, no había cerradura.

Sé que había una cerradura, pensó Félix. Se sonrojó, guardó las cizallas y levantó la mano. Empujó la puerta para abrirla, agarrando el picaporte para no hacer ruido.

Con silenciosa precisión, apoyó la puerta en el suelo. Se levantó y giró el cuello para observar la zona. El interior de la casa estaba hecho de madera pulida. Una mesa con una base de madera cubierta de corteza y una jarra de color plateado conformaban la zona de la cocina.

"Aquí no va nada", dijo Félix, tirando hacia arriba.

Por el rabillo del ojo, vio un objeto que sobresalía hacia delante. Un cuchillo Bowie descansaba junto a su barbilla.

"*¿Qué paso?*", una voz femenina carcajeó con una risa plateada y musical. "¿Un Lobo de las Sombras atrapado desprevenido?".

Capítulo 44

Félix American Pony

Félix miró de reojo mientras se arrodillaba dentro de la casa del árbol. La cara le ardía de excitación; toda una nube de mariposas le recorrió el estómago mientras sentía que la sangre se le agolpaba en la parte inferior del cuerpo. Una mano morena adornada con anillos de turquesa sujetaba un cuchillo Bowie junto a su mandíbula.

Félix suspiró y se levantó.

"¿Cuál es tu situación?", graznó la radio de Félix.

La figura que empuñaba el cuchillo dio un paso adelante. Inclinó la cabeza hacia abajo y su espeso pelo negro le cubrió la cara. Con la mano libre, pulsó el micrófono.

"Está en peligro", susurró por la radio.

Su voz, pensó Félix.

Sonaba con el suave zumbido de una flauta contralto, pero con una ligera aspereza en su timbre, como un cuchillo afilado contra una piedra de afilar. La piel de gallina le cubrió el cuero cabelludo hasta la columna vertebral.

Mechones de pelo negro oscuro coronaban su cabeza. Cuando dio un paso adelante, un par de ojos que parecían de obsidiana se clavaron en el alma de Félix. Se le revolvió el estómago y se le secó la boca.

Sus labios morados se estiraron en una sonrisa despiadada sobre la piel color oliva.

"Así que", ronroneó ella, arrastrando la hoja del cuchillo Bowie por su chaleco, "¿vas a presentarme a tus amigos?".

Félix suspiró. Agarró la radio y pulsó el botón, activando el micrófono.

"Vamos, chicos", dijo, "es seguro".

Capítulo 45

Félix American Pony

Félix observó cómo los otros dos hombres subían por la escalera. Hizo una mueca al mirar a la mujer. El cuchillo Bowie era letal en contraste con el largo y hermoso cabello femenino que se había echado por encima del hombro, dejando al descubierto su escultural cuello. Félix gruñó; su perfume llegó hasta sus fosas nasales.

En cuanto Duke vio a la mujer, enarboló su escopeta.

"¡Suelta el cuchillo!", gritó Duke.

Radamés adoptó una postura similar.

"¡Relájate!", Félix se adelantó y puso la mano en el hombro de Duke.

"*¿Qué?*", preguntó Radamés.

"Es mi... amiga", dijo Félix.

"Ooooh", ronroneó la mujer, "es una forma divertida de decirlo".

"¿La conoces?", exclamó Duke.

Félix sintió que se le enrojecía la cara. "Es mi ex esposa".

"¿Y te está apuntando con un cuchillo Bowie?", preguntó Radamés.

"Vaya", dijo Duke, "no sé si tener miedo o estar—".

"Tranquilo, Yūjin2, Félix puso una mano pesada en el hombro de Duke, "esa es *mi* ex esposa".

"Tan adorable", dijo ella y lanzó el cuchillo Bowie hacia arriba. Ella lo cogió por el mango y lo dejó sobre la mesa. "Pero Félix, puedo cuidarme sola".

"Créeme, lo sé", respondió Félix.

"Claro, con lo mucho que estabas de viaje con el trabajo", se sopló el mechón de pelo que le caía sobre la nariz, "tenía que hacerlo".

"Las estadísticas de una situación son astronómicas", dijo Radamés. "¿Cómo se encuentra uno casualmente con su ex pareja?".

"No es exactamente casualidad", dijo Félix. "Había estado oyendo rumores sobre sucesos extraños en esta zona, así que me ofrecí voluntario para investigar".

"Y para que quede claro", dijo la mujer. "Sabía que estabas en la zona".

"No puede ser", dijo Félix. "¿Lo sabías todo este tiempo y me lo dices ahora?".

"Cariño", se rió ella. "Eso se llama ser mujer".

El corazón de Félix golpeó contra su pecho mientras poderosas y confusas emociones lo atormentaban.

"A mis amigos les vendría bien descansar y tomar agua", dijo Félix.

"¿Y crees que yo te ayudaré?".

Félix suspiró: "Sé que me ayudarás. Por eso he venido".

Ahora era el turno de la mujer de parecer frustrada. Esta mujer—esta persona fuerte que se había hecho un hogar en el feroz desierto de Chihuahua—se había transformado de repente en una damisela en apuros al quedar expuesta su vulnerabilidad. Era compasiva. No iba a rechazar a esa gente. Ella ayudaría a pesar de que el regreso de Félix tenía el potencial para la angustia.

"Dile a tus chicos que se sienten", dijo.

Félix se volteó hacia sus amigos y señaló el sofá.

"¡Esa mujer acaba de sacarte un cuchillo!", susurró Duke. "¿Cómo sabes que no va a matarnos?".

"A decir verdad, puede que lo haga, pero ahora mismo... nos está preparando la comida".

Capítulo 46

Félix American Pony

A pesar de la deshidratación de Félix, su boca salivó ante el aroma de la cocina de Dejah Torres. La carne chisporroteante con chiles verdes salteados emitía humo. Hermosas tortillas, hechas de harina, se sentaban pintorescas junto a la carne.

"Las cosas no funcionaron entre nosotros", se acercó Félix a Dejah Torres en su cocina. "Pero tus preparaciones siempre me abrieron el apetito".

"Lástima", dijo ella mientras tomaba las papas fritas empapadas en sal del armario. "Nunca estabas en casa para comer...".

"Hay tantas cosas que no puedo decir", se dirigió hacia el armario y empezó a buscar los cubiertos.

"Esta no es tu cocina, Félix", le dijo ella.

"Quiero ayudar", respondió Félix.

"Puedo sola", Dejah apretó los dientes.

"Claro que puedes", dijo Félix. "Sólo quería echar una mano".

Dejah suspiró. "Los cubiertos están junto a la nevera".

Félix asintió y se dirigió hacia ella. "Y, por cierto, ¿cómo subiste una nevera?".

Respondió Dejah, pero Félix no dijo nada, totalmente concentrado en lo que veía. "¿Estás escuchando siquiera?".

"Nop", dijo mientras sacaba un cubo marrón con carcasas plateadas dentro de la nevera. "¿Tienes helado casero?".

"Sí", dijo. "Tal como ella me enseñó...".

Félix miró fijamente a Dejah. Su rostro estaba pálido.

"Félix", dijo ella.

Respiró a ritmo de yoga mientras se esforzaba por calmar los latidos de su corazón.

"Tus hombres te necesitan", Dejah sacó una jarra de la nevera. "Vamos a darles de comer".

***

Félix observó con disgusto cómo Duke Hattori se sentaba a la mesa de la cocina de árbol. El soldado japonés no utilizaba utensilios, sino que devoraba los chiles verdes salteados con los dedos cubiertos de grasa. Félix se estremeció cuando Duke gimió y trozos del plato gotearon por su boca. Trozos de carne decoraban su barbilla, y restos de la comida salpicaban el mantel alrededor del plato.

"*Sabes...*", dijo Radamés. "Que el uso de herramientas es lo que nos separa de los animales".

"Da igual", Duke puso los ojos en blanco. "La expresión es 'el dedo que mira bien'".

Félix se rió y miró a Dejah al otro lado de la mesa.

"Te aconsejaría que no hicieras esfuerzos innecesarios, Duke", dijo Radamés. "*Tenemos* un terreno considerable que cubrir".

"Como diría tu gente", dijo Duke entre bocados de un burrito, "*cállate*".

"Bueno", dijo Félix, mientras removía la comida, "está bueno".

"*Pienso que* sería prudente dedicarse a la planificación estratégica", dijo Radamés.

Félix miró a Dejah. La mujer ya no estaba sentada a la mesa.

De nuevo fuera de mi vista, Félix sacudió la cabeza.

"Primero es lo primero", dijo Félix. "Creo que hará falta un hechizo para prepararnos".

"Si, *pero*", dijo Radamés. "La noción de escopetas superando tanques es ilógica".

Duke se limpió la mano derecha en los pantalones, luego se rascó la cabeza. "¿Estás seguro de que deberíamos hablar de esto delante de Dejah?".

El trío miró alrededor de la cocina. "He oído hablar de tanques que cruzan la frontera antes", Dejah regresó, sosteniendo papeles. "Y yo he oído hablar de monster trucks blindados".

"Eso representa *solamente* una fracción de la ecuación", dijo Radamés.

"Los animales han estado actuando de forma extraña. *Sonidos extraños*".

"¿Qué es esto?", preguntó Félix mientras su ex esposa le entregaba un montón de papeles.

"Eres tan fácil de leer", dijo ella. "Veo que intentas averiguar por qué algún elemento criminal husmea en mi casa. Hace unos meses, alguien intentó robarme todo el cobre".

Félix se quedó con la boca abierta. "¿Estás bien? ¿Te pasó algo?".

A Félix se le retorció el estómago. El corazón le golpeó el pecho. Y por alguna razón, a pesar del miedo que Dejah debería haber sentido por su propia seguridad, parecía más preocupada por él.

"Estoy bien", dijo. "Quitaron todo el cobre. Por suerte, mi seguro se hizo cargo, así que no tuve que contratar a nadie para reemplazarlo. Pero ahora mi sótano es un desastre, lleno de chatarra de cobre".

"¿Tienes un sótano lleno de cobre?", preguntó Félix.

Ella asintió: "¿Crees que por eso el cártel tiene gente aquí?".

Félix se sentó con los ojos desorbitados, mirando fijamente a la pared.

"¿Por lo menos estás escuchando?", preguntó Dejah.

"Lo siento", respondió. "Por un segundo, me sentí como si estuviera de vuelta en mi clase de química de la escuela secundaria".

"*¿Qué?*".

Félix se quedó mirando el papel, viendo la lista de todos los artículos de alta gama de equipos y animales exóticos que vagaban por su zoológico privado.

"¿Duke?", preguntó Félix.

El soldado japonés no contestó, sino que siguió atiborrándose de comida.

"¡Duke!".

Duke saltó de su asiento, sobresaltado.

"¿Todavía tienes esas cámaras nanométricas?", preguntó Félix.

"Sí, sólo las que Ben no destruyó".

"Sabes qué", dijo Radamés, hablando con su estoicismo característico, "estadísticamente hablando nuestras posibilidades de sobrevivir parecen escasas. Tres hombres enfrentados a anarquistas, kaijus y un tanque presentan probabilidades insuperables".

"Probablemente no", Félix se rascó la cabeza, pensando en la posibilidad de los recursos desplegados. "Pero vamos a salir con una explosión".

Capítulo 47

Félix American Pony

"Yo lo llamaría una mejora", dijo Félix. "El viejo ingenio americano".

"Pero...", Duke Hattori miró alrededor de la habitación. "¿Un halcón?".

Dejah extendió el brazo, con la mano cubierta por un guante de cuero negro. Sobre el guante estaba posado un halcón con una capucha de cuero cubriéndole los ojos.

Después de ver el inventario de animales, Félix había visto el halcón. Aunque los drones de Duke hubieran estado operativos, habrían alertado al enemigo de su posición. Félix haría que Dejah enviara al halcón, y luego podrían identificar al enemigo usando la tecnología de Duke en el ave.

"Esa cosa parece que podría destrozarme", dijo Duke mientras se acercaba al tablero con un objeto rectangular negro.

"*Sí*", dijo Dejah, "pero no voy a dejar que eso ocurra".

"Lo decía como un cumplido", se rió Duke. "Yo también soy peligroso".

Duke entornó los ojos mientras presionaba el objeto contra el ave depredadora. No mostraba miedo en su rostro, ni le temblaban los dedos, pero un sudor nervioso manchaba su frente.

Con precisión, Duke presionó el dispositivo contra el pecho del halcón y le puso un collar alrededor del cuello.

"Hecho", dijo. De su chaleco, Duke sacó su teléfono inteligente. El soldado japonés sostuvo el dispositivo e inspeccionó la pantalla. Levantó el pulgar. "Ya estamos en marcha".

Félix señaló a Dejah: "¿Te importaría enseñarnos este cobre?".

Dejah asintió.

"Ahora escucha", dijo Félix con una mueca de dolor, "Sé que estás dispuesta a ayudar, pero ¿de verdad estás dispuesta a entregar tus caballos? Llevas la equitación en la sangre—y en el corazón".

"Y mi sangre los usaba como armas de guerra", dijo Dejah. "Lo que sea que ronde Big Bend, ¡lo quiero fuera!".

"Bien", dijo Félix y se volteó hacia los demás. "Tengo una pregunta para ustedes".

Félix pudo ver que Radamés y Duke se miraban, tratando de encontrarle sentido a la conversación.

"¿Qué pasa?".

"¿Qué tan bien sabes montar?".

Capítulo 48

Félix American Pony

La piel de gallina cubría todo el cuerpo de Félix mientras seguía a su exesposa por la escalera de la casa del árbol. Mano sobre mano, recorrieron la escalera hasta llegar al suelo del Desierto Chihuahuense.

Félix agarró la muñeca de Dejah Torres. "Hola".

Dejah lo miró, y cuando lo hizo, las rodillas de Félix se debilitaron—sus rodillas temblaron—cuando sus ojos se encontraron con los de él.

"¿Estás seguro de esto?", le preguntó. "¿Hay algo que intentas decirme, Félix?". La voz de Dejah era suave y poderosa.

"¿Qué quieres decir?", repicó Félix.

Ella sonrió: "Tus antepasados no eran tan buenos jinetes como los míos", le dijo

La inquietud de Félix desapareció. Sintió que sus músculos se endurecían y cerró las manos en puños.

Me está tomando el pelo.

Félix se dio cuenta de que Dejah no se sentía cómoda renunciando a sus caballos—podía verlo en su rostro—y ahora mismo no quería hablar.

"Supongo que tendremos que ver", dijo.

Ella puso los ojos en blanco: "¿Has leído nuestra historia?".

Mientras hablaba, Duke y Radamés bajaron la escalera detrás de ellos. Ahora, Dejah estaba de pie con las manos en las caderas. Félix sintió el calor irradiar por su cuerpo ante la mirada de Dejah.

"Creo", dijo Duke, quitándose el polvo de las manos, "que ahora es cuando dices 'sí, querida' y sigues adelante".

Félix suspiró y Dejah negó con la cabeza. Como ex pareja parecían frustrados, Radamés y Duke se echaron a reír.

"Esperen que les enseñe la bodega", dijo Dejah, apretando los dientes y haciendo señas a Radamés y Duke para que se acercaran. Radamés se rascó el pelo azabache, Duke encogió los hombros cuadrados y los dos lo siguieron.

Dejah le había dicho a Félix dónde se encontraba el corral equino, pero la realidad era que él ya lo sabía por haber estudiado el zoo privado en Internet.

Félix se rascó la barbilla mientras miraba dentro del establo. Ante él había tres caballos extraños. Un portapapeles colgaba de la pared. Suponiendo que en el documento había información sobre las bestias, entonces lo agarró.

"Marwari, Akhal Tekes y...". Félix se quedó mirando el portapapeles. "¿Zorse?".

Félix siguió leyendo para descubrir que cada caballo había sido domado, pero Dejah, a pesar de sus conocimientos técnicos, no había encontrado tiempo para continuar su entrenamiento.

"Bueno, agarren los sombreros, amigos", dijo Félix, mirando los nombres de las razas. "Esto debería ser interesante".

Félix reunió avena y tac y se acercó a las bestias. Primero tomó a la criatura de raza india—Malawari.

Aunque la magnífica belleza del Malawari era evidente, para un occidental, el aspecto del gran caballo era extraño. El elegante Malawari gris tenía un perfil ligeramente curvado. Sobre su pintoresco perfil había un par de orejas en forma de pala que giraban hacia dentro y se tocaban en las puntas.

"¡Vaya!", Félix se detuvo, conmocionado cuando las orejas del caballo indio giraron 180 grados. Félix ocultó toda inquietud por el aspecto exótico de la criatura y montó el caballo como sabía.

Después del Malawari, Félix centró su atención en el Akhal Teke. El pelaje del gran caballo de Turkmenistán brillaba con un color metálico, que sólo podía describirse como palomino. Aun así, la realidad es que ese color es el tono más cercano para describirlo. La criatura parecía esculpida por manos divinas a partir de oro orgánico. Siguiendo una rutina similar, Félix montó al Akhal Teke hasta que su furia salvaje se convirtió en mansedumbre.

"Ahora", dijo Félix, mientras desmontaba del Akhal-Teke y observaba al zorse, "los fuegos artificiales van a volar de verdad".

A Félix se le revolvió el estómago de expectación mientras reunía tac y granos para capturar al animal híbrido. El zorse parecía saber que su entrenamiento era el siguiente. Movió las orejas detrás de la cabeza y estiró el cuello. Chilló con un grito enigmático que le resultó familiar, pero que no se parecía en nada al de un caballo. Sus crines erizadas como las de una cebra se agitaron de izquierda a derecha al oír su grito. Dio un pisotón con la pata trasera y lanzó la cola de un lado a otro.

"Vas a escucharme", dijo Félix mientras abría la puerta del corral redondo y se acercaba al híbrido.

"¡Ahora, vete!", Félix golpeó el suelo con su látigo. El híbrido echó a correr hacia el corral redondo. Una nube de polvo salió disparada hacia el cielo.

"Tienes un poco de espíritu", dijo Félix, viendo el zorse continuar su estallido. "Eso me gusta".

Félix dio un paso adelante, agitando el látigo de nuevo, indicando a la criatura que girara en diferentes direcciones. Con precisión, giró y corrió en la dirección opuesta.

Durante la hora siguiente, Félix entrenó al zorse—empujándolo cada vez más rápido en el corral redondo. Finalmente, satisfecho, Félix se puso la silla y la brida. Respiró al estilo Vinyasa para calmarse mientras subía y colocaba los pies cubiertos por las botas en los estribos.

"¿Cómo va?", le llamó una voz femenina.

Mientras ajustaba las manos en la rienda, Félix levantó la vista. Dejah se dirigió hacia el corral redondo y apoyó las manos en sus barandillas.

"Yo diría que, considerándolo todo, no tan mal", se llevó Félix la mano al pañuelo. El caballo zorse se lanzó a la izquierda—empujando a Félix hacia un lado. El movimiento fue demasiado rápido para que se adaptara. Rodó hacia un lado, relajando el cuerpo.

¡WHAAM!

Félix cayó de golpe al suelo. Con pericia, cayó sobre la cadera y el músculo lateral. Félix gimió y se incorporó. La sangre goteaba de la comisura de su labio.

"Yo diría", Félix palmeó la sangre con el dorso de la mano, "... que probablemente vamos a necesitar unos cuantos asaltos más".

Capítulo 49

Félix American Pony

Félix miró a Dejah, que estaba sentada en el asiento del conductor de su Toyota Tundra. El vehículo estaba fuera de su casa del árbol en Parque Estatal Big Bend. A su lado estaba la jaula que contenía al halcón. A su lado había una laptop táctica de maletín rígido.

"¿Seguro que tú puedes manejar ese sistema informático?". Félix señaló el aparato.

"No te preocupes por mí", dijo ella, acariciándole la cara.

"Lo sé, sé que tú puedes—".

"Sí", dijo ella, acercando su cara a la de él. *"Pero*, sé que te preocupas. Sé que te preocupas por mí".

Félix suspiró. Sus labios temblaron mientras luchaba por encontrar palabras.

"Estaré bien, Félix. Ve a acostarte".

Félix asintió y dio un paso atrás, quitando las manos de su camioneta. Dejah se marchó, y el polvo se disparó hacia el cielo cuando se marchó.

Vamos a trabajar, pensó. Se dio la vuelta y encontró el caballo. Había atado la cuerda de plomo a la rama de un mezquite. Félix tiró de la cuerda y se subió a la silla. Luego, clavando los talones en el costado de la criatura, caballo y jinete corrieron hacia su objetivo.

Capítulo 50

Félix American Pony

Félix desmontó el caballo y lo ató a otro mezquite. El agente de la BIA dominaba el lecho seco de un arroyo.

Antes de iniciar el ataque, habían enviado al halcón para recabar información. Desde el dispositivo acoplado al ave, podían ver las repetidas rutas que seguía el Ripsaw. La cámara del halcón mostraba al Ripsaw en patrullas constantes con hombres armados vigilando su punto de combustible.

"Ahí están", Félix divisó a siete hombres vestidos con lo que supuso que era ropa de estilo anarquista: sudaderas negras con capucha, pelo largo y despeinado, máscaras tácticas negras, con portaplacas adornando sus pechos. Parches aleatorios con signos hippies de la paz, "As" anarquistas y otros emblemas variados decoraban sus equipos.

Pero había un símbolo presente en cada uniforme—una calavera adornada con una boina negra y pintura negra alrededor de los ojos y la nariz, con una cigarrera apretada entre los dientes.

"El Mimo", susurró, reconociendo el símbolo.

¿Por qué patrullaba el tanque?

Los monstruos cazaban ahora en el Big Bend. Por lo que Félix entendía, los anarquistas harían mejor en reducir su huella.

TERROR EN BIG BEND

"Preparados", susurró Félix en su radio. Miró hacia la posición de Radamés y Duke. Los dos hombres se habían escondido entre la espesa fauna del desierto, haciendo imposible que Félix determinara su ubicación.

"Allá vamos", susurró Félix para sí mismo.

Desde la posición de los dos hombres, un cóctel molotov voló por el aire. Duke se levantó cuando el improvisado artefacto incendiario se elevó y disparó su escopeta.

BOOM

Un anarquista voló hacia atrás—muerto al instante por la bala. Simultáneamente, el cóctel molotov se estrelló contra el grupo.

"Félix se levantó de un salto—con la Uzi en la mano derecha y el hacha táctica en la izquierda".

BRRRT BRRRT

El subfusil israelí disparó una ráfaga de balas 9MM. Un hombre en llamas giró en círculos y, en su agonía, corrió hacia Félix. Al instante, Félix blandió su hacha, enterrándole la hoja en el cerebro. Los anarquistas intentaron reorientar su atención hacia Félix. Pero mientras él disparaba el fuego automático y balanceaba su hacha, los otros dos hombres continuaron con el fuego.

Todos los anarquistas cayeron al suelo. Las llamas del cóctel molotov saltaron de los trozos de la escasa vegetación. El humo de las llamas y del fuego automático surgió de los cadáveres.

"*¡Kanza! ¡Kanza!*", gritó Félix, alertando a los otros dos hombres de la siguiente parte de su plan. El agente de la BIA enfundó ambas armas y corrió hacia el caballo.

Capítulo 51

Félix American Pony

Félix American Pony saltó hacia el caballo desde atrás. Apoyó ambas manos en sus cuartos y aterrizó en la silla. Rápidamente, extendió la mano hacia delante y soltó al híbrido del amarre.

"¡Yijaaa Hyah!", Félix gritó mientras clavaba sus talones en el costado del caballo.

"¡Viene hacia ustedes!", Dejah habló por la radio, su voz crepitó por el altavoz conectado al chaleco de Félix.

"Hannibal! Hannibal!, Félix gritó por la radio, anunciando la palabra clave predeterminada y haciendo saber a los demás que el tanque Ripsaw se acercaba. Tiró suavemente de las riendas del caballo. Desde la zona de exterminio, corrieron hacia el espolón de los Montes Bofecillos.

"Aquí no pasa nada", dijo Félix al ver que se acercaba el Ripsaw.

En el momento oportuno, se lanzaron más cócteles molotov ante la bestia mecánica.

"Distorsionando su vista", dijo Félix. "¡Bien, bien!".

Duke Hattori—montado en el Akhal Teke—se lanzó hacia delante, girando en círculos. Siguiendo la tradición de los Bandidos de Quantrill, apretó las riendas con los dientes. Y disparó contra el tanque.

BANG BANG BANG

Los proyectiles golpearon impotentes contra el tanque—tal y como se suponía que debían hacer.

A ciegas, el Ripsaw persiguió a Duke y a su caballo de extraño color.

"Me toca a mí", dijo Félix, rebuscando en su alforja. Sacó un dispositivo. "Esperemos que tu ingeniería maya aguante, Radamés".

Clavó los talones en el caballo. Estalló, relinchando con salvaje pasión. El zorse y su jinete corrieron hacia el tanque.

"Este es para los ancestros", dijo Félix mientras se lanzaba hacia delante. Plantó el talón izquierdo en el centro del lomo del caballo y se agarró al poderoso cuello del híbrido con el brazo izquierdo. La parte superior de su cuerpo colgaba del caballo—en la mano sostenía la bomba pegajosa.

WHEW WHEW WHEW

Balanceó el calcetín como un tirachinas medieval. El zorse se acercó a toda velocidad a la base de la montaña. Félix golpeó la bomba pegajosa contra las ruedas de las orugas. Tan caliente como la oruga, el adhesivo oculto en su interior se rompió.

El improvisado artefacto se aferró a la oruga y se movió siguiendo un patrón.

¡BUM!

Cuando la oruga pasó por encima de la bomba pegajosa, ésta explotó.

"¡Tarzano! ¡Tarzano! ¡Tarzano!", gritó Félix.

En el momento justo, Radamés apareció en el punto ciego del tanque. Radamés coronó la montaña con una cuerda de rapel conectada a un arnés. Enganchado con un mosquetón y una cuerda, descendió la montaña.

Una vez lo suficientemente cerca, se desabrochó el arnés y saltó.

WHAAM

Radamés aterrizó en el centro del Ripsaw, esquivando por poco las orugas rodantes. Rodó por el centro. Félix no lo había inutilizado del todo. Con la única banda de rodadura, todavía se arrastraba hacia adelante. Radamés se sacó una escopeta de la espalda y apuntó a la ventanilla del Ripsaw.

BANG

El cristal se hizo añicos. Radamés se arrodilló y sacó de su carga una bomba de tubo improvisada. Los anarquistas del interior gritaban ahora e intentaban salir. Radamés se sentó encima de la escotilla. Se lanzó hacia delante y arrojó la bomba de tubo encendida al interior del tanque. Y corrió alejándose del tanque. Con la habilidad de un corredor libre, el velocista corrió contra la pared casi vertical de la montaña y luego saltó hacia la cuerda que aún colgaba.

¡BUM!

La bomba de tubo explotó. Más gritos salieron del tanque. Simultáneamente, Radamés agarró la cuerda con ambas manos. El impulso le empujó hacia delante—balanceándose con un movimiento parecido al de un simio. En el vértice del arco, se soltó. Los escombros de la explosión le siguieron.

Voló hacia arriba y volvió a caer. Con pericia, Radamés bajó y rodó en combate varias veces, cada una de ellas restando energía a su caída.

Félix observaba. Del tanque seguía saliendo humo. Todavía se arrastraba hacia adelante.

Y luego por la grieta delante de ellos.

Dentro, los anarquistas gritaban.

¡WHAAM!

El Ripsaw aterrizó sobre su parte delantera. Se apoyó en la trompa antes de que la gravedad tirara de él.

Los gritos se convirtieron en fuertes toses mientras el humo seguía llenando la cabina. La cacofonía de respiraciones distorsionadas se hizo más débil.

Hasta que, finalmente, sólo quedaron sonidos humanos.

El tanque del siglo XXI yacía boca abajo, destruido y humeante.

Capítulo 52

Félix American Pony

Félix sacó los binoculares de su chaleco mientras se sentaba encima del caballo. Se llevó los binoculares a los ojos y miró hacia el cañón.

El Ripsaw permanecía inmóvil, con el único movimiento del humo ascendente.

"No veo a nadie moverse", dijo Dejah a través de la radio.

"Vamos a comprobarlo, amigo", dijo Félix y chasqueó la lengua. El híbrido cebra-caballo avanzó, siguiendo su orden.

"¿Qué haces tú?", preguntó Dejah por radio.

"Analizando los daños", respondió. Al acercarse al tanque, oyó una fuerte tos.

Félix trató de desmontar, pero cuando empezó a moverse, un hombre se arrastró fuera del tanque.

"American Pony", el hombre se puso en pie con dificultad.

El zorse se movió nerviosamente de izquierda a derecha. La mano derecha de Félix se dirigió a la funda, desenfundando su Uzi.

"Ben—Andrade", Félix apretó los dientes.

"Parece que me atrapaste", rió Ben, con la sangre burbujeándole en los labios.

"¿Tú querías empezar una guerra entre Estados Unidos y México?".

Ben sonrió: "En un mundo con monstruos, pensamos que ésta era la mejor ruta. Derribamos el avión del cártel y dejamos sueltos a los monstruos".

"Lástima que te detuvimos—"

"¿Lo hiciste tu?", Ben se rió. "Usamos el tanque para arrear a la serpiente y al Gorgón. El tanque está fuera de combate. Pueden hacer lo que quieran".

"¡Pero todos los anarquistas están muertos!", dijo Félix.

"¿Lo están?", Ben se puso la mano en el costado sangrante, haciendo una mueca de dolor. "Incluso si el anarquista está muerto..."

Ben se llevó la mano a la cintura. Simultáneamente, Félix tiró de las riendas hacia un lado—apartando la cabeza del caballo. Apuntó la Uzi.

BRRRT BRRRT BRRRT

El anarquista cayó al suelo.

Félix saltó del caballo. Con una excelente postura isósceles, sosteniendo la Uzi hacia delante, Félix se acercó a Ben. Apuntó su subfusil israelí a la cabeza de Ben y le quitó la pistola de la mano de una patada.

Mientras se acercaba, Duke y Radamés cabalgaron hacia su posición—sus caballos galoparon hacia Félix.

"Estoy bien", dijo Félix, con los ojos todavía fijos en Ben. Se arrodilló y empujó al anarquista.

"Despejaremos el resto del tanque", dijo Duke. Ambos hombres desmontaron y desenvainaron sus largas armas.

"Sé lo que tú estabas tratando de decir", dijo Félix al cadáver ensangrentado y humeante. "Tú intentabas decir que, aunque matáramos a los anarquistas, la anarquía ya había ganado".

Satisfecho de que Ben Andrade estuviera muerto, Félix enfundó su Uzi.

Si Ben había dicho la verdad—si los anarquistas habían estado arreando a los monstruos—eso significaba que esas dos criaturas eran ahora libres. Félix se estremeció ante el dolor que podían desatar una Titanoboa y un Gorgón. El terreno escarpado del Big Bend permitiría a estos depredadores no desafiados pasar desapercibidos.

El año pasado, un Pit Bull rabioso había matado a cinco campistas en el Parque Nacional Big Bend. Los devoradores de hombres de

Tsavo habían matado a más de 135 personas antes de ser abatidos por un angloirlandés. El tigre de Champwat había matado a más de 400 personas antes de ser abatido por otro angloirlandés.

"¿Cuántos miles matarán estos monstruos?", preguntó Félix en voz alta.

Félix había matado a Ben antes de que pudiera terminar su pensamiento, pero Félix sabía lo que Ben había intentado decir.

Los anarquistas estaban muertos, pero la anarquía había ganado.

Capítulo 53

Félix American Pony

Félix enfundó su arma. Miró a sus amigos, que estaban junto al tanque humeante en el Big Bend.

"Están todos muertos", dijo Duke.

"También el traidor", replicó Félix y pateó el cadáver con la bota.

"*Hubiera preferido*", dijo Radamés, "haber salvado el tanque".

"Bienvenido a la ida de olla, amigo", dijo Félix, el sarcasmo en su voz evidente.

"Usaron el tanque como un monstruo de guerra", dijo Félix, "y acabamos de destruirlo".

Radamés suspiró: "*Nuestros* esfuerzos fueron inútiles".

"Monstruos... cárteles... ¿El Mimo?". Félix se quitó el pañuelo de la cabeza y se limpió la cara y el cuello. "Creo que nunca tuvimos una oportunidad".

"Tú miras el desafío—monstruos, un desierto implacable, montañas escarpadas", dijo Duke. "Pero tú te olvidas de una cosa".

"¿Sí?", Félix preguntó. "¿Qué cosa?".

"El corazón de un tejano—siguiendo el ejemplo del viejo Crocket", dijo Duke. "Esos tipos están en inferioridad numérica y de poder, pero mientras respiren—lucharan".

Parte IV

"La pasión es mi brújula, me guía hacia lo desconocido…" –
Selena

Capítulo 54

Jorge Mondragón

El rostro de Jorge se torció de frustración mientras la banda de mercenarios continuaba su marcha por el parque estatal Big Bend. Miró de Brody a Gótico e hizo una mueca.

En realidad, no estaba frustrado con Brody. Estaba frustrado con Gótico.

A nivel personal, Jorge no soportaba la idea de Brody. Los californianos eran famosos en el oeste de Texas por mudarse, abrir un negocio y luego convertir esa empresa rentable en una organización sin ánimo de lucro. Esas cafeterías fru-fru y librerías esnobs daban mucho dinero. Sin embargo, en lugar de pagar impuestos locales, recibían dinero de los contribuyentes. Como resultado, otros negocios y residentes tuvieron que sufrir el aumento de los impuestos.

¿Realmente tengo un deber con Brody?

Jorge miró a Gótico. Él no dijo nada—no tenía por qué. Parecía un buen comandante. Y la mente de Jorge se precipitó hacia su mejor comandante, el comandante que Jorge había tenido cuando sirvió por primera vez como jefe de equipo.

"Puedes querer a tus soldados sin que te caigan bien", le había dicho una vez su comandante.

Al principio, Jorge no lo había entendido. Pero con el tiempo, lo fue comprendiendo. No podías mimar a tus soldados, pero tenías que entrenarlos duro. Tú tenías que mostrarles el entrenamiento duro y realista que necesitaban para seguir vivos.

Eso era amor; eso era deber.

Y sin decir nada, la mirada de desaprobación de Gótico había corregido el camino de Jorge. Su deber era cumplir con Brody. Brody se merecía la protección de la Policía del Estado de Texas.

Aunque no me caiga bien, pensó Jorge.

Mientras caminaba, sin dejar de seguir la señal, Jorge volvió la vista hacia el californiano. Allí, en la camiseta negra del muerto, vio en letras blancas:

Cuarteto Tempus.

Bueno, al menos ese cabeza hueca tiene buen gusto musical.

Capítulo 55

Jorge Mondragón

Jorge continuó caminando, siguiendo la señal del monstruo, y viajando hacia el noreste a través del Big Bend.

"El sendero sigue caliente", dijo Jorge.

"Y nosotros también", dijo Gótico.

"*¿Qué?*", preguntó Jorge.

"Digo que llevamos doce horas caminando. Mis hombres necesitan descansar".

"No podemos detenernos ahora", Brody corrió hacia su posición, de alguna manera habiendo escuchado la conversación. "Tennyson sigue ahí fuera".

"Sí, Tennyson sigue ahí fuera", se hizo eco Gótico. "Y tenemos que estar atentos cuando nos encontremos con el Gorgón si queremos traerlo de vuelta de una pieza".

"Pero", Brody se puso a escasos centímetros de la cara de Gótico, "no voy a parar".

Gótico no aceptó el desafío de Brody. Asintió, escuchando las palabras del californiano.

"Si te sientes así", empezó Gótico.

"Confía en él, Brody", intervino Jorge. "Es duro, pero...".

"¿Te pones de su parte?", preguntó Brody. "Empujaré por mi cuenta. Ahora no puedo parar".

TERROR EN BIG BEND

Durante un breve instante, Jorge se quedó mirando al espacio, soñando despierto con la marcha de Brody. Suspiró y apoyó la mano en el hombro de Brody.

"Confía en el proceso", dijo Jorge. "Gótico sabe un par de cosas sobre excursiones por la maleza".

Jorge observó cómo Brody bajaba la vista hacia su mano y luego volvía a mirar a Jorge.

"Si tú lo dices, Jorge".

Jorge hizo una mueca de dolor y retiró la mano.

Sigues sin ser mi amigo, hippie, pensó. Abrió la boca para soltar palabras de odio, pero al ver la preocupación de Brody por su amigo, cambió de opinión.

"No te preocupes, Brody, volveremos al camino".

Brody asintió y volvió a la posición de Jimmy en la formación.

Podría haber acabado con él, pensó Jorge. *¿Qué me está pasando?*

"¿Conoces algún sitio donde pueda repasar?", preguntó Gótico.

Jorge escudriñó la zona. "Sí, estamos al lado del Cañón del Fresno. Conozco algunos sitios".

"Muéstrame el camino", dijo Gótico.

Jorge asintió y luego hizo un gesto con la mano para indicar al grupo que le siguiera.

Ante ellos se extendía una cueva de boca ancha. Esta cueva—una cueva que Jorge había visto antes—ya no parecía sólo un agujero, sino un portal oscuro que les desafiaba a entrar.

Este lugar, pensó Jorge, *parece... diferente*.

"¿Es ahí donde vamos a descansar?", preguntó Brody y señaló la boca de la cueva, que Jorge miró fijamente.

"Podría ser", Jorge se rascó la cabeza. "Pero me pone nervioso que haya osos negros ahí dentro".

"Los osos negros no son osos pardos", dijo Brody. "Evitarán a la gente".

"Siguen siendo salvajes", replicó Jorge.

"Sí", reconoció Brody, "y tienen un sentido del olfato siete veces mayor que un canino. Si nos acercamos, captarán nuestro olor y saldrán corriendo".

Jorge se acarició el bigote: "Eso tiene sentido".

Este tipo podría ser veterinario después de todo.

Por una fracción de segundo, Jorge pensó en burlarse de Brody diciendo que su olor distintivo—THC y olor corporal—sería el más eficaz para ahuyentar a un oso.

"Voy a echar un vistazo", dijo una voz.

Ambos hombres se giraron. Detrás de ellos estaba Bill Bosworth. En la cabeza llevaba una protección auditiva electrónica. Jorge reconoció que el dispositivo le había permitido escuchar a escondidas su conversación.

"¿Te diviertes?", Jorge señaló la orejera activa.

"Pues la verdad es que sí", sonrió Bill. "La última vez que pude despejar una cueva fue en Afganistán".

"Adelante, Loco", se rió Jorge y sacudió la cabeza.

Bill levantó los pulgares con entusiasmo y se dirigió hacia la cueva, asegurándose de que sus pisadas se escucharan y permitieran a las criaturas oír su aproximación. En el momento justo, una serpiente se deslizó hacia delante. No se precipitó con el habitual movimiento en forma de S de los reptiles, sino que se desplazó entre Brody y Jorge con lentitud e indiferencia.

"Ese no es un comportamiento normal", dijo Jorge.

"No", replicó Brody. "No es—"

De repente, la cueva estalló en fuego automático. Sonó el silbido del lanzallamas Underbarrel de Bill.

Brody y Jorge se miraron antes de correr hacia el sonido.

Capítulo 56

Jorge Mondragón

Mientras Brody y Jorge corrían hacia la cueva del Big Bend, fueron recibidos por horribles sonidos.

Corrieron hacia la boca de la abertura de piedra caliza y empujaron dentro.

"¡Uf!", los recibió el olor a carne quemada y humo.

"¡Oso!", Brody gritó y señaló.

Un oso cubierto de llamas aullaba con gruñidos agónicos. Sus patas traseras yacían planas e inmóviles y retorcía la cabeza de un lado a otro. Chispas anaranjadas bailaban sobre el pelaje negro de su cuello, espalda y extremidades.

"Tiene la espalda rota", dijo Brody.

"¡Está sobre Bill!", Jorge dio un paso adelante. Desenfundó su Smith & Wesson XVR 460 Magnum y encajó la boca contra el cráneo del oso negro en llamas.

BANG BANG

A pesar de las llamas, Brody pudo tirar del oso muerto. El oso cayó de lado.

Las llamas saltaron sobre las manos de Brody y éste gritó de agonía. Rápidamente, Jorge golpeó el calor, continuando golpeando hasta que las llamas se apagaron. Giró sobre sí mismo y se arrodilló junto al hombre caído.

"¿Qué está pasando?", Se oyó la voz de Gótico mientras corría hacia el interior.

Jorge tiró su mochila de asalto al suelo, busco su kit de hidratación y se lo echó encima a Bill. El siseo de las llamas se apagó, pero el experto en armas permaneció inmóvil.

"Está muerto", dijo Brody. "Debe haber aspirado las llamas y le han quemado los pulmones".

Jorge se preparó para la reanimación cardiopulmonar, colocando ambas piernas sobre el torso del hombre y sentándose a horcajadas sobre él.

Mientras lo hacía, Gótico se incorporó y presionó con los dedos bajo la mandíbula de Bill, buscando el pulso.

"Se ha ido", dijo Gótico y agarró el hombro de Jorge.

El hombre se enfrentó sin ayuda a un oso negro americano, pensó Jorge mientras se levantaba lentamente.

"Los osos negros evitan a la gente", tartamudeó Brody.

A Jorge le temblaba todo el cuerpo. Miró el cuerpo quemado de Bill y el cadáver de la ardiente y atípica criatura.

Las investigaciones demostraban que los osos negros habían matado a unas setenta personas desde 1900, pero algunos expertos especulaban con la posibilidad de que los más de cuatrocientos desaparecidos del Parque Nacional de los Estados Unidos hubieran sido víctimas de las poderosas criaturas.

"Mira", Brody señaló el suelo detrás del oso caído.

"Esa señal indica que el oso había corrido directamente hacia él", le tembló la voz a Jorge.

"Eso no era lo que estaba señalando", Brody sacudió la cabeza y señaló. "¡Mira!".

Jorge siguió el dedo de Brody. Allí, en la cueva, yacía un cadáver humano. El torso del cuerpo estaba abierto. Las costillas del cadáver se abrían, dejando al descubierto una cáscara vacía donde antes habían estado los pulmones, los pectorales y otros órganos. El tórax había desaparecido por completo. Trozos de sangre, fluidos y tela de algodón desgarrada contaminaban la macabra escena. El cadáver llevaba pantalones vaqueros en la parte inferior del cuerpo y una camisa de manga larga. La cabeza del cadáver estaba apartada de la vista. Jorge caminó hacia el otro lado.

TERROR EN BIG BEND

"¡SEÑOR mío!", gritó conmocionado.

Una hermosa mujer de piel beige y coronada con hermosos mechones negros recogidos bajo la cara miraba aterrorizada con la boca abierta.

"Cruzó ilegalmente", dijo Jorge. "Debió de hacerlo sin guía para acabar en un lugar tan peligroso".

"Se la comió", dijo Brody. "Los osos son omnívoros, y no fue una muerte rápida. La inmovilizó y empezó a tirar de la carne. Lenta—y dolorosamente—se comió sus órganos mientras aún vivía".

"Y luego corrió directamente hacia Bill", chirrió la voz de Jorge mientras luchaba por mantener sus emociones. Había pasado por la Academia de Guardas de Caza de Texas, en Hamilton, Texas, y había estudiado la población de osos negros del Big Bend.

Esto no era normal.

Pero esta situación, por aterradora que fuera, era discutible. El ecosistema había cambiado cuando el Gorgón invadió. Los animales ya no veían a los humanos como el depredador supremo, sino que ahora temían a este depredador primordial que rondaba Big Bend.

Antes, una serpiente se había deslizado junto a Brody y Jorge sin inmutarse por la presencia humana. Este oso negro americano había probado la carne humana y se había vuelto loco de placer.

No fue el monstruo lo que lo destruyó. No, fue este lugar.

Bill Bosworth había sido asesinado por este nuevo y extraño ecosistema.

El Gorgón seguiría cazando y matando. E incluso si el monstruo ya no representaba una amenaza, este nuevo y extraño ecosistema sí.

Capítulo 57

Jorge Mondragón

Tras guardar adecuadamente los restos mutilados de Bill Bosworth y de la mujer, el grupo volvió a salir de la cueva. Continuaron viajando hacia el norte a través del Parque Estatal Big Bend, con un ahora fatigado Jorge siguiendo la señal.

"No te preocupes por dormir", le susurró Jorge a Gótico, "eso no sería descansar—serían pesadillas".

Gótico abrió la boca para hablar, pero asintió con la cabeza. Una hermosa joven con el torso cóncavo; un oso negro ardiendo y con la espalda destrozada asfixiando a Bill Bosworth; imágenes tan horribles que habrían sido calificadas de obscenas.

"Ya veo a qué se refería Gótico", Brody caminó junto a Jorge. El californiano bostezó y se frotó los ojos.

"Y no, no es una opción", gruñó Jorge.

"¿Lees mucha ciencia ficción?", preguntó Brody.

Jorge arrugó la frente y volteo hacia Brody. "¿De qué estás hablando, Brody?".

"Sólo quiero decir que lo entendieron todo mal".

"¿Quiénes?"

"Todo el mundo", dijo Brody. "La ciencia ficción predice tantas cosas. Esta película realmente estúpida de Sylvester Stallone y Wesley Snipes predijo la gobernación de Schwarzenegger, la cultura de la cancelación y el distanciamiento social".

"Así que, ese dibujo animado en el que todo el mundo tiene la piel amarilla predijo—".

Brody se rió: "Sí, pero eso fue hace más de treinta años. Esa película de Sly sólo duraba dos horas y predijo muchas cosas. Pero estoy tratando de resaltar algo".

"¿Qué cosa?"

Brody siguió caminando y, en su fatiga, su movimiento se hizo más exagerado mientras luchaba por no tropezar. "Subgénero".

"¿A qué te refieres?", preguntó Jorge.

"Por ejemplo, esa famosa película de dinosaurios, eso es sólo una película de monstruos y supervivencia", explicó Brody. "Pero pasarían muchas más cosas. El ecosistema, tal y como vimos, actuaría de forma muy diferente". Aunque la ciencia ficción siempre tiene la idea de que las corporaciones y los gobiernos corruptos se apoderan de una operación, se olvidan de los cárteles... del mismo modo que Pablo Escobar compraba hipopótamos, estaría comprando dinosaurios. Y HP Lovecraft, sus cosas son horror cósmico. Es ciencia ficción más desagradable que otros subgéneros. Aun así, la realidad es que el horror cósmico—el miedo a lo desconocido—afectaría a todo. El Parque Estatal Big Bend es el lugar más hermoso del Estado de la Estrella Solitaria. Pero también es peligroso. No sólo tienes flora y fauna que pueden matar, las curvas de las carreteras se prestan a accidentes automovilísticos. Tú también tienes refugiados, contrabandistas, todos viajando hacia el norte—".

"Y ahora tenemos al Gorgón..."

"Sí", dijo Brody. "El orden natural ha cambiado; a la humanidad le ha sido arrebatado el trono".

Mientras Brody seguía hablando, Jorge estudió el paisaje. Sus ojos recorrieron la manzanilla de flores amarillas, las yucas y las chumberas. Sintió el calor que irradiaba del suelo. Ya no bailaban las plantas por el empuje de un suave céfiro; no, ahora las ráfagas de viento llevaban las intensas temperaturas a los viajeros. Esta nueva y extraña ráfaga destruía cualquier posibilidad de alivio del clima mercuriano.

Jorge había crecido leyendo a Louis L'Amour y viendo películas de John Wayne. La cinematografía en tecnicolor de esas películas pintaba esta zona con tonos majestuosos. Sin embargo, desde una perspectiva diferente, este entorno parecía similar a la geografía de las lunas marcianas de Fobos o Deimos. Pero a medida que Brody continuaba describiendo esta nueva situación, el paisaje de Big Bend no sólo parecía alienígena. Todo el paisaje poseía ahora una sensación siniestra. La áspera vegetación del desierto ya no sólo laceraba a los viajeros; sus múltiples cortes obligaban a los caminantes a caminar en círculos, empujándoles al peligro al hacerles perder el rumbo.

Jorge miró hacia Brody y volvió a concentrarse en sus palabras.

"Se ha ordenado un nuevo rey", dijo Brody. "Con un duro entorno en coordenadas con él. Este entorno que ya era peligroso ahora es... *malévolo*".

Jorge se estremeció. Una cigarra Cactus Dodger gritó con su agudo canto parecido a un zumbido de sierra. Otras cigarras siguieron su ejemplo hasta que una nidada entera cantó en un coro inquietante que llenó el desierto de una melodía similar a la lovecraftiana.

Jorge se tapó los oídos, tratando de evitar el sonido.

"¿Estás bien?", preguntó Brody.

"Sí", suspiró Jorge. "Es sólo que estamos en una batalla cuesta arriba".

Brody asintió. Jorge pudo ver la mirada melancólica de Brody, como si tratara de pensar en una pregunta para aliviar a Jorge de su actual tren de pensamiento.

"Entonces", Brody se rascó la cabeza, "¿ves adónde nos lleva este sendero?".

"Sí, el sendero lleva allí", Jorge señaló la gran montaña en la distancia. "Nos lleva a *El Solitario*. Nos lleva al volcán".

Capítulo 58

Jorge Mondragón

Jorge sujetaba los binoculares y estudiaba El Solitario—el volcán que domina el Big Bend.

Ve a buscar a Tarzano", le susurró Jorge a Brody.

Brody asintió y corrió hacia el floridano. Jorge siguió estudiando el volcán bajo su lente.

"*¿Qué paso?*", preguntó Tarzano, con la voz temblorosa por la fatiga extrema.

"Toma", Jorge se quitó la correa de los binoculares del cuello y se los dio a Tarzano. "Mira esa montaña".

Tarzano se llevó el artefacto a los ojos y ajustó las lentes.

"¿Qué estoy mirando exactamente, Jorge?", preguntó Tarzano, todavía escaneando El Solitario.

"¿Ves el suelo debajo de las rocas que parece más rosa que oscuro?"

"*Sí*".

"¿Ves las plantas arrancadas y ese mezquite volcado?".

Tarzano estudió con silenciosa precisión. "Sí, creo que lo veo. ¿Qué significan esas cosas?".

"La tierra rosada y más clara significa que ha sido levantada a patadas", dijo Jorge.

"Las rocas volcadas y el mezquite derribado es lo que llamamos 'señal alta'".

"Entonces, ¿esa es nuestra ruta?". Tarzano se retiró los binoculares del rostro y miró a Jorge.

"Y por eso te necesito. Eso es El Solitario y parece como si nuestro autor hubiera subido directamente por esa pared".

Tarzano palmeó la cuerda en forma de mariposa que llevaba sujeta a la parte superior de su mochila. "Es hora de que demuestre cómo me gané la cabeza del carnero".

"Sí, enséñanos lo que aprendiste en Guerra de Montaña".

Tarzano se acercó el dispositivo a los ojos una vez más. "Muy bien, vamos a trabajar".

***

Tarzano corrió hacia Gótico. Gótico colapsó el equipo para discutir la ruta y los próximos pasos en el plan. El equipo ya no tenía que moverse con un ritmo lento y deliberado para permitir a Jorge estudiar el camino. Habían identificado un objetivo adicional y ahora tenían que moverse hacia él.

"Yo tomaré la punta", dijo Gótico.

"Ugh", gruñó Tarzano. "*Va despacio*, Gótico".

"¿Qué pasa?", preguntó Jorge.

"Gótico allí", Tarzano señaló a su líder, "él y su amigo ganaron el concurso de mejor Ranger".

"Enorgullece a la Guardia", reconoció Jorge.

"Tal vez", dijo Tarzano, "pero todavía voy a necesitar energía...para equiparnos".

A Jorge se le retorció el estómago al pensar en la agotadora tarea de mantener el ritmo de Gótico.

"Soy un líder antes que un atleta", dijo Gótico.

"Me alegro de oírlo", dijo Jorge.

"Pero", contraatacó Gótico, "todavía tengo que empujar".

Jorge asintió. Gótico entonces puso su equipo en un archivo, identificó la ruta, e inició su camino con los demás siguiéndole detrás.

Capítulo 59

El Gorgón

El Gorgón continuó su carrera, lleno de rabia a través de Parque Estatal Big Bend. El moribundo, aún en su boca, golpeaba su hocico con sus desesperados golpes llenos de odio. Los gritos del hombre pasaron de un rico barítono a un tono agudo con los dientes como espadas apretados aún más en su ingle. Saboreaba el sabor de la sangre que se deslizaba por sus dientes y su lengua.

No tenía miedo, pero quería su territorio. La otra criatura—la gran serpiente—nunca había estado en su región. El tanque Ripsaw los había mantenido separados, permitiéndoles continuar su caza en lados diferentes.

Había tanto que cazar y matar que no había razón para que las dos criaturas interactuaran.

El Gorgón y la Titanoboa vivían en las tierras del líder del cártel. Ambos habían escapado del accidente aéreo. Y ahora, en esta nueva tierra extraña habían sido liberados. Una ráfaga de viento pasó junto a él mientras corría. El sol quemaba la zona, la velocidad del monstruo era tan grande que a pesar del intenso calor que le transportaba el aire, el viento se sentía fresco—lo que le daba tiempo para recuperarse.

Pero mientras la tierra cubría sus necesidades físicas, algo más motivó al monstruo.

Aunque la ciencia dice que los animales no deben ser tratados y estudiados como humanos, es injusto creer que las emociones son exclusivas de la humanidad. A pesar de la tierra que llenaba su estómago y permitía su dominio, el Gorgón aún sentía una punzada en su corazón.

Un sentimiento similar a la pena.

Había perdido a su pareja y a su descendencia. No era una criatura monógama, pero eso no impidió que el dolor emocional que apuñaló a su corazón. La humanidad había matado a su especie, dejándolo solo para siempre.

"¡Por favor!", gritó el hombre en su boca. "Suéltame".

El Gorgón sintió que los puños contra su hocico se debilitaban. El goteo de sangre que tocaba su lengua se hizo más lento. El monstruo podía sentir una emoción específica proveniente del hombre.

El Gorgón golpeó el suelo con ambos pies. Escupió la presa de su boca. El hombre cubierto de sangre se estrelló contra el suelo caliente del desierto de Chihuahua.

El monstruo retrocedió, observando al hombre. Lágrimas y mucosidad caían de los ojos, nariz y boca del hombre. Todo su cuerpo temblaba mientras las manos contra el suelo, empujándose hacia atrás y alejándose del monstruo.

El monstruo se pasó la lengua por los dientes. Movió su hocico, dejando que sus bigotes se agitaran. No sólo podía oler esta nueva emoción—sino que podía *saborearla*.

"¡Tengo una familia!", sollozó el hombre.

Con un movimiento canino, el monstruo ladeó la cabeza mientras observaba a la criatura.

"Tengo mujer e hijos", siguió gimoteando el hombre.

El monstruo no entendía las palabras del hombre. Pero no importaba. Los humanos se comunicaban verbalmente, pero este monstruo se comunicaba con sus otros sentidos.

No entendía las temblorosas palabras del hombre, pero podía sentir lo que ocurría. Se sentó sobre sus patas traseras y apuntó su hocico hacia el cielo.

El hombre despertó esta nueva emoción, y lo que mejor podría describirse como piel de gallina cubrió la carne del monstruo. El monstruo echó la cabeza hacia delante y le dio un mordisco en el pie.

El hombre gritó de dolor.

Los dientes felinos del monstruo cortaron el hueso y separaron el pie de la pierna. El olor—el sabor del miedo—en el hombre creció con ardiente fervor.

El monstruo volvió a morder, y de nuevo el miedo se hizo más fuerte.

El Gorgón ronroneó de excitación. El monstruo estaba resuelto. Ya no tenía pareja ni descendencia. La humanidad había destruido su oportunidad de amar.

Pero este nuevo sabor—*el miedo*—*ese* sería su nuevo deseo.

Si la bestia no podía tener amor, entonces crearía miedo.

Capítulo 60

Jorge Mondragón

Jorge hizo una mueca mientras seguía a Gótico a través del parque estatal Big Bend. Gótico no corría, pero, debido a su atletismo, su ritmo natural era todo un reto.

"Ese volcán está inactivo, ¿verdad?", preguntó Brody.

"¿El Solitario?", Jorge señaló la montaña. "Eso sólo lo hace ligeramente menos peligroso. La áspera vegetación nos cortará, y tendremos que ascender una intensa pendiente. Una vez que hayamos pasado por todo eso, podremos luchar contra el Gorgón… al menos, este cartel dice que el Gorgón está ahí".

"No quiero sonar como un subversivo…", dijo Brody.

A pesar de la agonía que le recorría el cuerpo por la ardua marcha, Jorge no pudo contener la risa.

"Pero estoy más preocupado por mi amigo que por matar a esa cosa".

"Los mejores primeros auxilios son las balas a distancia", dijo Jorge.

Brody puso los ojos en blanco. Una punzada de culpabilidad azotó el estómago de Jorge.

Brody me salvó la vida. Y yo no he hecho más que darle disgustos.

Pateó el suelo mientras caminaba. "Oye, güey, nunca quise…".

"¿Qué pasa, hermano?".

"Te he dado pena todo este tiempo", Jorge miró el suelo del Desierto Chihuahuense. "Quería decirte—"

Ring Ring Ring

El chaleco de Jorge vibró. La música del Grupo Frontera sonaba en su uniforme. Miró su chaleco.

"*¿Qué?*"

"¿Tienes señal aquí fuera?", preguntó Brody. "¿Todavía tienes tonos de llamada? ¿Qué es esto, 1999?".

Jorge sacó el teléfono de su chaleco. "¿Hola?", dijo, poniéndose el aparato junto a la oreja.

Pero nadie contestó.

"Teniendo todo en cuenta", dijo Jorge, "conseguir señal aquí fuera sigue siendo un poco raro".

Capítulo 61

La Titanoboa

La gran serpiente—la terrible réplica de la Titanoboa, se deslizó más allá de la base de los montes Bofecillos hacia la carnicería. Su forma serpentina se enroscó y desenroscó—su intención depredadora era evidente—mientras contemplaba el cuerpo cubierto de sangre de Ben Andrade.

El gran gusano sacó la lengua—para probar el aire. Las heridas de Ben Andrade formaban un rastro sanguinolento como una cremallera que iba desde el ombligo hasta la garganta. La serpiente desencajó la mandíbula y se deslizó hacia el anarquista muerto. Poco a poco—centímetro a centímetro—consumió el cuerpo.

Pies, piernas, cabeza.

Los músculos de la Titanoboa se contrajeron, golpeando el cadáver. Sintió cómo sus fluidos digestivos y sus músculos desgarraban el cuerpo y comenzaban el proceso de digestión. Se deslizó en forma de S hacia el tanque Ripsaw. Se desvió de izquierda a derecha, mirando dentro de los restos.

Los humanos muertos pintaban el interior con un terrible diseño a lo Picasso. La Titanoboa se abrió paso, agarró un pie con los dientes y tiró hacia atrás.

BAAM BAAM

Cuando la serpiente-kaiju tiró hacia atrás, las piernas del anarquista se estrellaron contra la ventana rota. Pero mientras que el vehículo destruido presentaba un obstáculo, el leviatán sin piernas era demasiado fuerte. La pierna del cadáver se partió hacia atrás, paralela a su torso, derramando más vísceras.

En un movimiento fluido de gracia horrorosa, la serpiente tiró hacia atrás con sus dientes y enroscó su enorme cuerpo cubierto de escamas alrededor del cadáver de Ben. El cuerpo de la Titanoboa hizo aquello para lo que había sido diseñado. Así como la forma física de la serpiente de bioingeniería era más masiva, también lo era la fuerza de sus enzimas digestivas. Un líquido ceroso y espumoso salió del interior de la serpiente y cubrió el cuerpo del anarquista—derritiendo el cadáver humano.

La gran serpiente movió su lengua bífida, saboreando el gusto de la carne humana derretida.

BANG

El monstruo giró la cabeza, buscando el sonido.

BANG

Una bala impactó en su cabeza y escudriñó la zona. Allí, sentado a pelo en un híbrido de caballo y cebra, había un hombre de pelo largo, piel morena y pelo color cuervo. En la mano llevaba una pistola humeante.

El reptil no entendía el humor. Si lo hubiera hecho, habría bramado de risa y gritado: *"¿Eso es lo mejor que puedes hacer?"*.

Pero sí entendía de intimidación.

El replicante Titanoboa enroscó su cuerpo bajo él y se elevó seis metros en el aire. Mostró los dientes—de sus colmillos goteaba un jugo ácido—que cubría el suelo con terribles gotas de baba.

BANG

El hombre volvió a disparar. La gran piel escamosa de la serpiente se agarrotó con el impacto, rechazando la amenaza de pequeño calibre.

Un sentimiento similar a la ira recorrió al reptil.

"Quieres montar, serpiente", dijo el jinete, "¡entonces vamos a rodar!".

BANG

El hombre volvió a disparar—pero esta vez la bala se estrelló contra la boca de la bestia. El dolor atravesó a la serpiente, aumentando aún más su furia. Se reorientó, balanceando la cabeza de lado a lado y buscando su desafío.

El hombre tiró de las riendas, obligando al equino a alejarse. Dio una patada con los pies en el costado del caballo y una estela de polvo se disparó hacia el cielo mientras la pareja echaba a correr.

La serpiente siseó y, echando el cuerpo hacia delante, la persiguió.

Capítulo 62

Jorge Mondragón

Jorge inspiró durante cuatro segundos y contuvo la respiración durante cuatro segundos antes de exhalar durante el mismo tiempo. Estaba al pie del volcán inactivo *El Solitario* y miraba hacia el cielo. Jorge Mondragón había servido con orgullo en el 1er Batallón del 143º Regimiento de Infantería Aerotransportada, acumulando más de sesenta saltos. Después, como guardaparques, había escalado las escarpadas montañas. Sin embargo, sin que los demás lo supieran, Jorge Mondragón tenía cierto miedo a las alturas.

Sabía que no era el único. Jorge había leído acerca de hombres durante la Guerra de Corea que *odiaban* las alturas, pero anhelaban ser Rangers Aerotransportados y habían ignorado sus propias fobias para ofrecerse como voluntarios.

Por el rabillo del ojo vio a Brody. El californiano ya se había colocado el arnés e iniciado el ascenso.

Vamos hombre, odio las alturas, se rió Jorge. *Pero no quiero que Brody lo sepa.*

Sacó sus guantes tácticos y se los colocó en las manos. Luego, alejando toda duda, el agente de policía del parque comenzó a subir. Debido a la verticalidad del ascenso, subió a cuatro patas. No era tan empinado como para considerarlo escalada tradicional, pero su accidentada subida era similar a una carrera de obstáculos.

Mano sobre mano, Jorge trepó. A medida que avanzaba, el miedo disminuía y era sustituido por una intensa concentración en la tarea. La euforia del entrenamiento físico creó en él una sensación de excitación, y Jorge momentáneamente se encontró contento y feliz mientras escalaba la montaña de piedra caliza.

Jorge miró hacia los lados. Encabezaba el grupo como el primero en subir la montaña. Habían asumido un riesgo sin seguridad real; su análisis incluía a los monstruos más que a los humanos y a los criminales. Pero Jorge había vivido el COVID. Y, como todos los demás, había visto el documental Joe Exotic.

Los animales exóticos atraen a gente peligrosa.

Acarició su pistola—una Smith & Wesson XVR 460 Magnum de color dorado, enfundada en una funda QRS, que estaba sujeta a su costado con una correa adicional que le rodeaba la pierna. Pensó en cómo desenfundaría su arma contra posibles atacantes. El arma larga colgada tardaría demasiado en desenfundarse. Tendría que estabilizarse y desenfundar la pistola si se metía en un problema.

"Odio no saber", espetó Jorge mientras subía.

Su pistola, tras años de entrenamiento, se había perfeccionado. La había entrenado tanto tiempo y había sido tan exigente en su entrenamiento que no podía hacerlo mal. Pero ahora subía en una posición modificada y, en lugar de la pistola de diseño austriaco, llevaba el cañón de mano que había elegido para matar al monstruo.

Jorge se mordió el labio y gruñó. Los agentes de la ley sobresalían en la visualización de los peores escenarios. Mientras escalaba El Solitario, tenía que concentrarse en la colocación de pies y manos y pensar en cómo responder a una contingencia.

¿Cómo se dispara a un malo cuando se está subiendo una pendiente?

"Llegando a la cima", dijo una voz a través de la radio.

Jorge giró la cabeza, mirando a sus compañeros. Vio a Tarzano, ahora de pie en la cima. El guardia floridano sacó su equipo de escalada.

"Ya casi", sonrió Jorge y, con renovada energía, continuó su ascenso.

Por el rabillo del ojo, vio que Gótico aumentaba la velocidad.

"Ya veo cómo es", gritó Jorge a su compañero paracaidista.

Gótico miró a Jorge. Sonrió, y luego comenzó su ascenso a toda velocidad. Polvo y sedimentos cayeron detrás de Gótico mientras se movía. Del mismo modo, Jorge empujó todo a paso y subió.

"Casi", jadeó Jorge, "ahí—".

De repente, estalló un grito de tenor agudo. El terrible grito resonó en el volcán y en el desierto de Chihuahua. Jorge volteó rápidamente la cabeza.

Debajo de él vio a Brody—aprisionado contra la montaña y con la mano izquierda contra el pecho.

"Me ha mordido", gritó.

Los ojos de Jorge se desorbitaron.

Allí, junto al californiano, había una serpiente cabeza de cobre del Trans-Pecos. Que se enroscaba y su cabeza en forma de diamante miraba a Brody en busca de otro ataque.

Un chorro de sudor nervioso brotó de los poros de Jorge. El sudor y su transpiración regular crearon un olor distinto y desfavorable.

Jorge se soltó de la montaña, derrapando hacia abajo. Al hacerlo, caminó hacia delante—dejándose caer en un ángulo descendente. Sin dejar de moverse, Jorge sacó su Smith & Wesson XVR 460 Magnum.

La orientó hacia la serpiente. La serpiente, que se arqueaba, desvió su atención. Salió disparada—apuntando a la mano extendida de Jorge. Mostró sus colmillos.

BANG BANG BANG

Jorge apretó el gatillo tres veces.

La serpiente siguió avanzando, mientras las balas atravesaban su cuerpo. En el tiempo de las balas, se acercó a la mano de Jorge.

BANG BANG BANG

El cráneo de la cabeza de cobre de Trans-Pecos explotó. Fragmentos de vísceras, hueso y veneno se estrellaron contra la montaña. El sedimento estalló de la escena y rodó hacia abajo. El subidón de adrenalina se desvaneció de Jorge, que ya no lo necesitaba.

Pero cuando empezó a calmarse, Jorge perdió agarre y se deslizó hacia abajo.

"¡Cuidado!", le gritó a Brody.

Al ver a su amigo deslizándose montaña abajo, Brody intentó apartarse, pero Jorge chocó contra él. Brody gritó mientras ambos hombres caían por *El Solitario*.

Capítulo 63

Jorge Mondragón

Los dos hombres siguieron deslizándose por El Solitario. De algún modo, Jorge enfundó su pistola. Agarró el cuello de Brody con la mano derecha mientras se deslizaban hacia abajo.

"¡Agárrate!", gritó.

Mientras se movían, Jorge divisó un mezquite juvenil. No estaba seguro de si soportaría el peso de ambos, pero al menos podría tal vez frenar un poco su descenso. Sacó la mano izquierda y se agarró al mezquite.

"¡Argh!", Jorge gimió mientras se agarraba a la base del árbol con la mano izquierda y sujetaba al herido Brody con la derecha.

Brody se retorció y trepó hacia el árbol. Jorge suspiró al sentir el peso liberado de su agarre.

"Estoy bien, Mondragón", dijo Brody, todavía sujetándose el brazo.

"¡Estás mordido!", Jorge movió el peso de su cuerpo y se puso de pie.

"Pero mi amigo", replicó Brody, todavía agarrando su mordida con la otra mano. "Está ahí arriba y tiene problemas".

Jorge estudió a Brody: "Bueno, mi amigo está aquí y lo mordió una serpiente. Tenemos que conseguirle ayuda".

Brody asintió y volvió a señalar: "Tarzano...".

Jorge suspiró.

"Está mordido", repitió Jorge y miró fijamente a su amigo, un hombre impertérrito ante el veneno de su cuerpo.

Como si nada, una cuerda negra y estática cayó entre ellos. Jorge miró hacia arriba. En la cima de la montaña, Tarzano había anclado la cuerda estática de la cima y ahora la señalaba con gestos enfáticos.

"¡Conecta con la cuerda!", Tarzano se tapó la boca con las manos y gritó. "¡Tengo el suero antiveneno! ¡Súbelo aquí!"

Jorge asintió, agarró la cuerda y ató el extremo a su arnés. Insertó la línea estática en el ascensor de aleación de aluminio negro. A continuación, cogió el Jumar de su cinturón.

"Muy bien", se agarró a Brody, "vamos a subirte".

Brody asintió y, con la mano buena, se agarró al chaleco táctico de Brody. Jorge encajó el Jumar en la línea estática e inició el ascenso.

Capítulo 64

Jorge Mondragón

La montaña no era tan empinada como para depender únicamente del dispositivo de ascenso, pero ayudaba. Jorge y Brody ahora podían estirar las piernas contra la montaña, aumentando la distancia de cada paso. Brody se apoyó en Jorge con una mano y apretó la mano mordida contra su cuerpo. Con largas zancadas, aliviaba la carga de Jorge.

"Ya casi", gruñó Jorge a su amigo. Por el rabillo del ojo, vio que Brody miraba hacia arriba.

En la cima de la montaña, Gótico estaba de pie con una mano extendida, listo para ayudar a subir a Brody. Tarzano estaba a su lado, manejando la cuerda.

El ácido láctico desgarraba las piernas de Jorge al pisar y sus antebrazos al accionar el dispositivo de ascenso jumar.

"Por fin", gruñó.

Gótico bajó la mano y agarró la camisa de Brody. Tiró y atrajo a Brody hacia él. En cuanto lo hizo, Tarzano casi lo abordó—poniéndose en cuclillas junto a la posición supina del californiano. Desprendió el maletín que llevaba en la pierna y metió la mano en él.

Introdujo ambas manos en la bolsa y sacó un frasco de plástico blanco con tapa roja. En su cuerpo estaban escritas las palabras "Crofab".

Suero antiveneno de serpiente, pensó Jorge.

Tarzano cogió entonces una inyectadora de la bolsa y se arrodilló. Preparó la aguja.

"Ábrele la camisa", ordenó Tarzano, "por encima de la mordedura".

Gótico sacó su cuchillo y cortó la camisa de Brody por encima de la muñeca. Con una inyectadora en la mano, Tarzano hundió el dispositivo médico directamente en el pliegue del codo—clavando la aguja en la vena cubital media.

"Auuuch", gritó Brody.

Jorge suspiró y se secó el sudor de la frente. "Cállate, hippie", se burló. Pero se sintió aliviado al oír que Brody seguía sintiendo dolor en el brazo. Eso significaba que el tejido no estaba del todo entumecido o muerto.

Tarzano volvió a meter la mano en la bolsa, sacó una venda y envolvió la muñeca de Brody en una gasa blanca con una rapidez asombrosa.

"Tienes suerte, Brody", dijo Jorge mientras se desenganchaba del arnés. "Ese antiveneno es demasiado caro para nudilleros normales como yo. Tenías a los mercenarios bien financiados corriendo contigo y podían permitírselo".

"Eso se administra normalmente a través de un goteo IV", dijo Tarzano. "Así que, Brody, asegúrate de beber agua".

Brody miró a Jorge y esbozó una débil sonrisa: "Yo no diría que tengo suerte, *amigo mío*".

Jorge suspiró: "Creo que, si yo estuviera en tu lugar, tampoco diría eso".

"Depende de tu definición de suerte", dijo Gótico.

Jorge volvió su atención hacia el líder de Dark Waters y vio que Brody intentaba hacer lo mismo.

"¿A qué te refieres?", preguntó Jorge.

"*Allá*", señaló Gótico hacia abajo.

Jorge jadeó por el esfuerzo. Luego caminó hacia la posición de Gótico, sacó los binoculares de su chaleco y miró hacia donde señalaba el líder.

"La señal lleva a eso", suspiró Jorge.

Allí, debajo de ellos, había un avión 727 medio derruido.

"No", dijo Gótico, sacudiendo la cabeza. "*Todo* apunta a eso".

Capítulo 65

Jorge Mondragón

Jorge miró por encima del hombro mientras estaba de pie en el labio del volcán del Parque Estatal Big Bend. Debajo de sus piernas y arrastrándose detrás de él como una cola estaba la cuerda estática negra. Llevaba una mano enguantada detrás de él a modo de freno.

"Puedes pasarte toda la vida en Big Bend", dijo Jorge, "pero esta tierra te seguirá sorprendiendo".

Pronunciando sus órdenes de rapel, el oficial de la policía del parque estatal de Texas inició el descenso.

Concéntrate en Big Bend, pensó Jorge. El Gorgón había hecho de esta tierra su reino, pero no se podía negar su belleza. La flora y la fauna del parque parecían ahora enfrentadas a ellos, pero, aun así, en su belleza, Jorge encontró fuerzas.

Sus pies se estrellaron contra la escarpada pared rocosa mientras saltaba hacia abajo. En cinco buenos pasos logró descender el acantilado y llegar al suelo del volcán. El desierto siempre había sido peligroso, pero también seductor. El sol dorado brillaba contra la pared beige.

Puede que el parque sirviera a un amo oscuro, pero el sol seguía rejuveneciendo toda vida con sus rayos solares. El calor hacia que le picara el cuerpo, pero la luz aún le daba esperanza.

Jorge tocó fondo. Se desenganchó del sistema de aseguramiento y se llevó las manos a la boca: "¡Sin aseguramiento!".

"¡Sin aseguramiento!", respondió Tarzano.

Jorge se dio la vuelta, desenganchó el brazo largo y cargó la carabina. Ajustó el arma para que quedara colgada contra su pecho.

Allí, Jorge miró hacia el avión roto. El sol ya no fortalecía a Jorge, los rayos dorados estaban ahora bloqueados.

El parque podría haber sido su reino, pero este lugar—El Solitario—se había convertido en la guarida del monstruo. El gran castillo natural pertenecía ahora al replicante Gorgón y cubría la tierra de sombras.

Pero a pesar de la abrumadora oscuridad, Jorge y su banda perseveraron. El escuadrón siguió adelante.

Capítulo 66

Jorge Mondragón

El calor abrasador irradiaba del lecho de lava inactivo de El Solitario. A pesar del dolor, Jorge y los demás caminaron, paso a paso, acercándose a la aeronave derribada y destruida.

"Despejaremos esto", dijo Gótico. "FM 7 dash 8, Simulacro de batalla 6".

Jorge asintió y reajustó su largo brazo a medida que se acercaban. Jugueteó con la correa de su escopeta, colocándola a la longitud perfecta para que la culata se ajustara a su hombro.

Soldados y policías eran profesiones tácticas, pero muy diferentes. Los soldados estaban entrenados para ganar terreno y, como resultado, entrar en una habitación y despejarla—empujando con velocidad y una violencia de acción abrumadora. Los agentes del orden eran diferentes *respondían* a un problema. Los policías también podían ser mucho mayores que los soldados, por lo que entrar a toda velocidad en una habitación podía no ser la mejor respuesta.

Pero este grupo—donde estaba Jorge, Tarzano, Gótico y un herido Brody—no tenía tiempo para un enfoque lento y metódico.

"Brody", dijo Gótico. "Despejemos la zona y luego te traemos para que nos ayudes a buscar a Tennyson".

"Rodillas y codos", dijo Jorge en voz alta. "Si hay alguien además de Brody ahí dentro, lo pondremos en la tierra".

Si había algún hombre del cártel ahí dentro, eran los verdaderos creyentes, criminales cuya brutalidad estaba a la altura de su nivel de profesionalismo.

"Empecemos a apretarnos más", dijo Gótico.

Con el comportamiento instintivo que les habían inculcado sus antecedentes militares, los tres tiradores del gatillo actuaron. Se agruparon en su formación hasta tocarse. Se acercaron al lateral del avión. Gótico tomó la delantera, luego Tarzano y después Jorge. Jorge apretó su pecho cubierto de chaleco contra la espalda de Tarzano. Una vez colocado, levantó la mano y agarró el hombro de Tarzano, y Tarzano hizo lo mismo.

El trío avanzó a toda velocidad hacia la puerta de acceso destrozada. Gótico dio un empujón controlado, luego Tarzano y después Jorge.

Gótico tomó el lado izquierdo del área interior, Tarzano el derecho, y una vez dentro de la aeronave, Jorge despejó el espacio abierto en el centro.

"¡Despejado!", dijo Jorge. Ahogó una arcada cuando un olor repugnante entró en sus fosas nasales. Apretó los dientes, luchando por mantener el olor fuera de su boca.

Cuando Jorge era niño, su clase de primaria visitó el zoológico de El Paso. El personal había dado a los alumnos una vuelta por la zona y habían visto las herramientas y el equipo que había en las salas y almacenes adyacentes a los corrales de los animales. La sección de la cola le recordó a Jorge aquella visita y el extraño olor de algo que había vivido allí. La cola estaba destrozada, con las huellas distintivas del Gorgón presionadas contra el metal.

"Nunca había sido capaz de cortar una señal así", se rió Jorge.

"Esta habitación está despejada", susurró Gótico. "Reagrúpense, atacaremos la cabina".

Manteniendo una buena conciencia de la boca del cañón, Jorge bajó su escopeta y redirigió hacia la cabina. El grupo se cerró de nuevo hasta que se apretaron unos contra otros.

"Jorge", dijo Gótico. "Eres el tercero de la fila".

Jorge sabía lo que eso significaba: él era quien abría la puerta.

"Entendido, amigo", dijo antes de separarse del grupo. Se puso de puntillas junto a la puerta y agarró el picaporte. Se agachó y miró a Tarzano y Gótico, que estaban apilados frente a la puerta.

Gótico asintió y Jorge abrió la puerta de un tirón.

Con una precisión experta, Gótico entró, ocupando el lado derecho de la cabina. Tarzano le siguió por la izquierda. Jorge entró y despejó el centro.

"Despejado", dijo Jorge.

El suelo de la cabina estaba lleno de cristales rotos. Los instrumentos de la nave estaban destruidos, convertidos en restos mecánicos irreconocibles. Un cuaderno abierto yacía sobre la estación cubierta de escombros.

"Uf", espetó Tarzano. "No creí que pudiera haber un hedor peor que el de la otra habitación".

"¡Brody!", Gótico llamó. "Te toca".

Jorge escuchó cómo Brody corría hacia el interior—con los pies golpeando el suelo del avión. Vio al herido entrar en la cabina por el rabillo del ojo.

"¿Qué pasa, chicos?", jadeó Brody, todavía con la mano vendada.

"Sí, *pero*", dijo Jorge, "*este* olor me resulta familiar".

"*Sí*", asintió Tarzano, *"tiene el olor de sangre".*

Gótico gruñó, aclarándose la garganta, pero Jorge sabía lo que significaba. Significaba que había que ajustar sus tiempos personales y sus modales.

"¿Qué significa eso?", Brody gritó. "Lo que dijo Tarzano...."

Jorge hizo una mueca de dolor. Aunque Brody no entendía español, debía de haber leído su lenguaje corporal y comprendido el mensaje que habían intentado transmitir.

"¿Sangre?", Brody movió la cabeza de izquierda a derecha, mirando a través de la cabina. "¿Por qué ha dicho eso? ¿Qué significa?".

Jorge se frotó el pecho mientras un sentimiento de culpa le anudaba las entrañas. Miró a Tarzano y luego al tenso y decepcionado Gótico.

"¿Por qué me ignoras?", preguntó Brody. *"¿Sangre?* ¡Ha dicho *sangre*! ¿Qué significa eso?".

Jorge espetó a Gótico. El líder de Dark Waters colgó su largo brazo, ajustando la correa para que no le cayera sobre el pecho. Entonces abrió la boca para hablar. Gótico era un buen líder, pero no era su responsabilidad contarle a Brody lo que había sucedido. Jorge no sólo tenía autoridad legal sobre este parque, sino que Brody también era su amigo.

Era su trabajo decírselo.

"Significa...", interrumpió Jorge. Cerró los ojos, tratando de pensar en cómo darle esta noticia a Brody. Dijo "Esta habitación apesta".

"¿*Sangre* significa eso?"

Vamos, *amigo*, pensó Jorge, *¿no puedes ponérmelo fácil?*

"No", Jorge negó con la cabeza. "Decía que esta habitación huele a *sangre*... a *sangre humana*... está diciendo que esta habitación huele a sangre".

Capítulo 67

Testimonio Escrito de Tennyson:

Este es el testimonio escrito de Tennyson. Mis dedos tiemblan al redactar este documento, pues temo que sea el último. Mi nombre es Tennyson Harlan. Aunque no creo que el consumo de THC conduzca a la adicción, temo que mi vida se haya desperdiciado no en su consumo, sino en la eterna búsqueda de su compra. En vida, fui aplaudido por mis habilidades escritas. Y ahora, parece que mis últimas horas serán las primeras en las que demuestre esta habilidad oculta.

Me eduqué en las mejores escuelas parroquiales de California. Sin embargo, una monja—la hermana Wilima Rogers—educada en la Universidad St. Gregory de Shawnee, Oklahoma, afinó mis habilidades. Pero, por desgracia, aunque ella me ayudó, mis habilidades con la palabra escrita han permanecido latentes.

Este viaje—el viaje al Parque Estatal Big Bend—fue un viaje de descubrimiento. Aunque el lector de este documento asumirá que mi intención era explorar los sentidos a través de sustancias controladas, esa suposición, aunque razonable, sería incorrecta.

Nuestra exploración fue científica. Me enamoré al instante cuando vi las imágenes del Parque Estatal Big Bend. Su admiración no se limita sólo al artista. Su enigmática belleza suscita elogios de geólogos, zoólogos, botánicos, aventureros y montañeros. Colores de la escala cromática, sólo conocidos por el esteticista o el físico, pueden contemplarse aquí. Nunca antes había presenciado tal combinación de peligro y belleza. Las escarpadas paredes calizas de las Montañas Bofecillos inspiran la pluma del artista, pero sin duda, miles de personas han perecido en ese paisaje. Pero a pesar de la amenaza mortal, Big Bend nos atrajo.

Desde allí, nos aventuramos hacia el parque, serpenteando por la carretera Farmer-to-Market. Pero, aunque todavía era un extranjero en estos lugares, mi instinto me dijo que algo andaba mal. Mientras continuábamos hacia el este, descubrimos cientos de cabezas de ganado caminando por el camino. La mayoría de los animales temen al hombre e, incluso si no tienen miedo, normalmente sienten algún tipo de aversión hacia los de nuestra especie. Pero estas bestias bovinas no tenían tal temor.

Pronto, para nuestro horror, descubrimos por qué. Desde que estoy aquí, ahora sé lo que es—una Gorgona Sinápsida. Siguiendo las técnicas descritas en el libro de Jack Horner y alimentando los fondos ilimitados de los cárteles de la droga, los científicos e ingenieros manipularon las células embrionarias de la fauna moderna y crearon el monstruo. Como un gato moderno, me agarró y me arrastró hasta su guarida, El Solitario—el gran volcán que domina Big Bend.

En este avión descubrí sus secretos. La pregunta: ¿cómo llegó este monstruo hasta aquí?

En esta miserable guarida descubrí la respuesta. Pablo Escobar había criado hipopótamos en Colombia. Siguiendo su ejemplo, junto con la nueva biotecnología disponible, los señores de la droga mexicanos naturalmente trabajaron para poseer esta bestia primordial.

No estaba solo aquí. No, el aviador—un distinguido contrabandista criminal de la infame Fuerza Aérea de Albuquerque—permaneció con vida. Me informó de la génesis de este monstruo.

Pero hay algo extraño en el crimen organizado. Si bien hay caos en mi estado natal de California, curiosamente nunca fue el refugio del crimen organizado como Nueva Orleans, Las Vegas, Chicago o toda la costa este. Entonces mi pluma tiembla mientras escribo las palabras. Mafias y cárteles respetan el orden. Si bien la historia muestra que su barbarie está a la par de figuras históricas como Hirohito, en general respetan el orden. Desde la década de 1980, los cárteles han trabajado para prevenir esta violencia abierta a través de la frontera. Los cárteles incluso han detenido a quienes han causado daño a los estadounidenses y los han presentado ante las autoridades estadounidenses.

El aviador quería que supiera que su cartel nunca tuvo la intención de asistir a este evento. Reconoció el vuelo ilegal de un avión civil que volaba por el condado de Presidio. Aun así, las criaturas del narcotraficante habían sido mantenidas a salvo dentro del avión.

El aviador me reveló que una banda de anarquistas liderados por el terrorista El Mimo derribó la aeronave para crear un caos que llevó al conflicto entre las dos grandes repúblicas de México y Estados Unidos.

Ahora nos sentamos aquí, curando nuestras heridas y registrando esta extraña historia. A lo largo de mi vida, he cuestionado mi cordura y los efectos que el consumo ilícito tiene en mi cerebro. Pero ahora, mientras busco la verdad—¿qué pasó aquí? —cuestiono mi propia cordura más que nunca en mi existencia.

Capítulo 68

Continuación del Testimonio de Tennyson

Mientras el aviador y yo trabajábamos para comprender mejor la situación, tristemente comprendí la inminencia de mi muerte. Temo que durante el difícil transporte a El Solitario, fui víctima de una transfusión de sangre de la réplica de Gorgona. Debo reconocer que, dentro de mi cuerpo, ahora se reproduce una nueva enfermedad zoológica— una que podría rivalizar incluso con el VIH—. El VIH fue transferido de los chimpancés del Congo y creció hasta devastar todo el planeta. ¿Cuánto peor es el prión que habita en la sangre de un monstruo diseñado por un cártel?

Hablando con el contrabandista, supe que el Gorgón no estaba solo. Una hembra— de estatura mucho más pequeña— escapó, así como una criatura que me llena de un miedo tremendo mientras escribo estas palabras. Una gran serpiente— una anaconda cuya estructura celular embrionaria fue manipulada por los bioingenieros del cartel—diseñada para replicar la gran Titanoboa.

Estos monstruos ahora vagan libremente por esta hermosa tierra. Reclaman este territorio como su hogar. Mientras escribo en este cuaderno, caminé hasta la parte trasera del avión. Busco tratamien-

to médico para el contrabandista, ya que se han acabado todos los recursos disponibles.

Parece poco práctico, pero tengo el deber de transmitir estos acontecimientos inmediatos. Cuando dejé al aviador, de repente todo el avión tembló. Escuché una explosión masiva cuando el metal, el vidrio y los pedazos de la cabina fueron destruidos bajo el enorme peso de un monstruo. Todo mi cuerpo tembló cuando me di cuenta de lo que había ocurrido: el Gorgón nos había traído de regreso a su refugio— vivos—para que, cuando estuviera agachada, no sólo pudiera comer sino también agudizar sus habilidades depredadoras. A pesar de mi temor, agarré un hacha que había encontrado en la parte trasera y corrí hacia la cabina.

En el interior no encontré ningún ser vivo, sino un caparazón hueco del antiguo espacio de trabajo del aviador. Esto aumentó mi miedo. El monstruo había logrado abrirse paso, arrancar al contrabandista de su lugar y no dejar rastro visible.

Pero, aunque no vi ninguna prueba, mis oídos no tuvieron tanta suerte. Podía escuchar los gritos agonizantes:

"¡Me está torturando!", gritó el hombre. "¡Por favor mátame!"

Me estremezco al contar este acontecimiento. Escuché un "chasquido" masivo, no muy diferente al rompimiento de un poste de madera. Si bien mi mente adivinó instantáneamente lo que había ocurrido, encontré alivio en el coro agonizante de sus lamentos. Inicialmente, escuché un sonido similar al de un canino irrumpiendo repentinamente en su comida, consumiendo nutrientes con furia animal.

Pero luego se detuvo.

Y supe lo que eso significaba. El monstruo recordó a su otra presa—su otro juguete—el monstruo se acordó de mí.

Un silencio ha conmocionado todo mi cuerpo. Se me pone la piel de gallina.

Creo—no, lo sé—que el monstruo ahora acecha hacia mi posición.

Ahogo mi respiración, tratando de escuchar su aproximación. Pero a pesar de su enorme estructura, el monstruo felino camina muy silenciosamente. Sólo se pueden escuchar mis suaves respiraciones, casi inexistentes.

Pero escucha.

No, escucho la sutil presión contra el suelo rocoso del exterior.
Está cerca.
El monstruo irrumpe en la cabina.
Él
[Arañazos ininteligibles marcan la parte inferior del bloc de notas]

Capítulo 69

Jorge Mondragón

"Mi hermano está muerto", aulló Brody mientras sostenía el cuaderno. Cayó hacia abajo y ambas rodillas se estrellaron contra el suelo de la cabina cubierto de escombros.

Jorge corrió hacia adelante. Desde su época de formación policial, conocía la psicología de la situación. Agarrar a Brody y ponerlo de pie no sería apropiado. Aun así, a pesar de su entrenamiento—a pesar de la experiencia que lo había endurecido—el corazón de Jorge se estremeció al observar la agitación emocional de su amigo.

"Pero no entiendo", Gótico bajó su arma y se rascó la cabeza. "¿Por qué no hay sangre?"

"Se llama *papila*", sollozó Brody.

"Papi—"

"Papilas, es una palabra latina. Literalmente significa "pezón". Son las espinas de la lengua de un gato", gruñó Brody, aclarándose la garganta. "El Gorgón tiene la piel áspera y escamosa, pero se parece y actúa como un puma. Su lengua está cubierta de espinas ásperas. Debe haber lamido el suelo hasta dejarlo limpio".

"Desde que trabajo aquí en Big Bend", intervino Jorge, "puedo decirles que normalmente no queda mucha evidencia. Los animales salvajes no dejan salpicaduras de sangre como lo hacen los humanos".

"Excepto que puedes leer los letreros", dijo Gótico. "Ni siquiera esos monstruos pueden esconderse de ti".

"¿Es eso lo que pasó?", Brody se volteó hacia Jorge. El estómago de Jorge siguió apretándose. "¿Puedes ver el letrero incluso aquí?"

Pesada es la cabeza que lleva la corona, pensó Jorge. Mientras estuvo en Big Bend, se convirtió en un excelente rastreador. Y lo que Brody había dicho—el monstruo lamiendo la salpicadura hasta secarla—era evidente en lo que vio en el suelo. No había una huella directa como la que habría en el suelo del desierto. En cambio, hubo transferencia de objetos de un área a otra. Y tal como Brody había dicho, vio una cosa de color semiblanco y aspecto orgánico que se hundió en el suelo alfombrado de la cabina. Trozos de la alfombra estaban rotos, lo que coincidía con la descripción de las papilas que hizo Brody.

"Estoy seguro de que parecíamos dos perdedores", dijo Brody. "Dos hippies viajando a Texas, apestando tu parque con THC..."

"Eso no es cierto", respondió Jorge, señalando el cuaderno. "Escribió eso mientras moría... mientras se sacrificaba, para que otros pudieran saber a qué nos enfrentamos".

Jorge observó a Brody secarse los ojos con el dorso de la mano, tratando de deshacerse de las lágrimas.

"Dame el palo", dijo Brody.

"¿Qué?", Jorge se rió al pensar en un hippie empuñando esa arma matizada.

Brody dio un paso adelante y tomó el arma con forma de lanza de manos de Jorge. Jorge frunció el ceño mientras observaba a Brody tomar el palo e inspeccionarlo.

"¿Sabes siquiera cómo usar eso?"

"No, todavía no", dijo Brody, sin dejar de mirar la herramienta táctica. "Pero pensé que me enseñarías".

Jorge suspiró: "Por supuesto que te enseñaré".

"Suena bien", dijo Brody. "Y luego les enseñaremos".

"¿Enseñarles... como en, enseñarle al Gorgón?"

"Sí", se puso de pie Brody, sosteniendo el palo en la mano.

"¿Qué es eso? ¿Cómo se puede entrenar a un monstruo de doce metros?"

"Con esto", Brody levantó el arma. "Han visto que los hombres pueden ser víctimas..."

"¿Y ahora?"

"Les mostramos que los hombres también pueden sacar sangre", dijo Brody.

PARTE V

"Texas aún tiene que aprender a someterse a cualquier opresión, venga de donde venga"- Sam Houston

Capítulo 70

Jorge Mondragón

El avión averiado tembló. Jorge se agarró al respaldo del asiento del aviador, manteniendo el equilibrio. Tarzano, Gótico y Brody reaccionaron de manera similar. Mirando por la ventana rota, vio al Solitario.

"Está volviendo a casa", susurró Jorge.

"Bueno, llámame Ricitos de Oro", dijo Brody al palo explosivo. Gótico y Tarzano escanearon diferentes áreas en busca de amenazas potenciales.

CRASH

Los fragmentos de vidrio del parabrisas medio roto explotaron. Gótico gruñó cuando los fragmentos astillados se clavaron en su carne expuesta.

El hocico del gran Gorgón replicante atravesó los escombros. Estaba más cerca de Gótico—tan cerca que no podía levantar su largo brazo. Sacó su revólver—el Chiapa Rhino—y vació un cargador entero. El Gorgón hundió su hocico debajo del chaleco de Gótico y levantó la cabeza. Gótico voló por el aire antes de estrellarse contra la pared y caer al suelo.

BANG BANG BANG

Explosiones anaranjadas explotaron de las armas del grupo. El Gorgón aulló de dolor y echó la cabeza hacia atrás.

Todo el avión se estremeció. Jorge cayó de lado. Golpeó su largo brazo contra sí mismo y puso su arma a salvo. Gruñó cuando su cabeza rebotó contra el suelo. Saltó; la adrenalina lo empujó a través del dolor.

WHAAM WHAAM

"¿Que está haciendo?", preguntó Jorge, frotándose la cabeza cubierta de sangre.

"Está golpeando el avión", jadeó Brody, "tratando de—"

Jorge y los demás fueron lanzados por el aire cuando el avión cayó de lado. Escombros, piezas mecánicas y herramientas cayeron en un movimiento circular. Jorge gritó cuando pedazos de la aeronave penetraron en su carne y luego el avión cayó por El Solitario.

Capítulo 71

Félix American Pony

Félix se inclinó hacia adelante mientras el zorse seguía avanzando. El viento golpeaba la cara de Félix mientras se acercaban a El Solitario. Giró la cabeza hacia atrás. La Titanoboa todavía los perseguía. Su rostro con escamas negras mostraba ojos hambrientos mientras se deslizaba de izquierda a derecha. Félix se estremeció y apartó la cabeza, mirando hacia adelante.

¿Qué es eso?, pensó Félix mientras un trozo de metal rodaba de lado a lado por el volcán. Detrás de él, el gran Gorgón replicante golpeó su enorme pata como un gato domesticado disfrutando de un juguete.

¿Es ese el avión derribado?

Sin saber que sus amigos habían llegado a la guarida del Gorgón, a Félix le resultó extraño que el monstruo destruyera su hogar físico. Pero a pesar de la rareza, todavía tenía trabajo que hacer y necesitaba acercarse lo más posible al Gorgón.

Por eso vinimos aquí, pensó.

El plan era simple:

Haz que la Titanoboa y el Gorgón se maten entre sí.

Usando el dron que le adjuntaron al halcón, localizaron la posición y la guarida del Gorgón.

Pero, ¿cuántos deben morir?

Félix miró por encima del hombro. La gran serpiente todavía los perseguía. Apretó los dientes y dirigió el zorse directamente hacia el Gorgón.

Capítulo 72

El Gorgón

El Gorgón persiguió al avión estrellado, golpeando con sus enormes garras. La gravedad y el caos hicieron peligroso el ascenso por El Solitario, pero su fuerza y agilidad felina facilitaron su viaje. Era una descripción humana de su emoción, pero el monstruo sentía alegría. El aire pasó rápidamente por su cara, aliviando un poco el calor.

Pero de repente—la sensación de alegría se detuvo. Clavó sus garras en la montaña. Se puso en cuclillas hacia abajo, ralentizando su descenso. El polvo se disparó hacia el cielo. Trozos de grava y sedimentos salieron hacia afuera. El avión continuó su descenso.

Los humanos—aquellos atrapados en el avión—no estaban solos. Ahora, un hombre de pelo largo que viajaba sobre una bestia parecida a un caballo corrió hacia él. El monstruo salivaba; largos hilos de saliva corrían por sus colmillos.

Pero el hombre tampoco estaba solo. Detrás de él estaba la gran Titanoboa.

La rabia invadió al monstruo.

Se suponía que la serpiente no debería estar aquí. Había suficiente comida en sus propios territorios.

Plantando sus patas delanteras en el suelo, la bestia aulló como advertencia a la amenaza que se deslizaba. La Titanoboa fue sorprendida. Los ojos de la serpiente se dirigieron del hombre y su criatura equina al Gorgón. Con una velocidad indescriptible, se enrolló. Luego lanzó su cabeza hacia el cielo, dos pisos en el aire. Mostró sus colmillos y silseó.

La serpiente no tenía derecho a estar en el territorio del Gorgón. Sin embargo, a la Titanoboa no pareció importarle.

El Gorgón se estremeció cuando la piel áspera, parecida a un paquidermo, de su cuello se levantó.

Ninguno de los monstruos iniciaría ninguna retirada.

La Titanoboa siseó.

El Gorgón rugió.

Las dos abominaciones se lanzaron una hacia la otra.

Capítulo 73

El Gorgón

El Gorgón—con la boca abierta—se estrelló contra la Titanoboa. Cayó hacia atrás y lanzó su cola hacia arriba y alrededor de la sección media del Gorgón. El Gorgón abrió el hocico y tronó las mandíbulas. La saliva voló por el aire. El Gorgón falló.

Una presión indescriptible se apretó alrededor de su sección media. La sangre se le subió a los ojos. Sus ojos se desorbitaron de dolor. La Titanoboa apretó la sección media del Gorgón. La serpiente bailó con la cabeza a un ritmo aterrador y movió su lengua bífida. Pero el Gorgón era inteligente. Mientras la serpiente se concentraba en su hocico, el Gorgón movió su pata derecha.

WHAAM WHAAM

El Gorgón golpeó con su enorme pata derecha a la Titanoboa. Sus garras se clavaron, penetrando las escamas que parecían armaduras. Las cinco uñas que parecían clavos atravesaron el escudo orgánico y penetraron en su músculo enrollado.

La Titanoboa siseó en tonos aterradores y miserables. Sólo ligeramente, soltó su agarre.

A pesar de su agotamiento, El Gorgón salió disparado hacia adelante—liberándose del alcance de su enemigo.

Ambos monstruos cayeron. Arena, escombros y sedimentos se dispararon hacia el cielo, formando nubes de polvo del tamaño de árboles. Una y otra vez, cayeron mientras rodaban hacia abajo. Mientras caían, el Gorgón volvió a atacar. Lanzó su zarpa contra la gran serpiente. De nuevo, las garras se clavaron en la carne de serpiente. Pero esta vez, la Titanoboa no gritó. Solo golpeó.

Sus colmillos se hundieron en el hombro del Gorgón. Pero la serpiente era astuta. El descenso los impactó a ambos. El Gorgón aulló de dolor y con cada caída—en cada vuelta hacia abajo—la lucha creció a favor de la Titanoboa. Finalmente, aterrizaron en la base del volcán, chocando contra la aeronave.

El Gorgón sintió que su cuerpo se debilitaba. La sangre goteaba de su hombro. La intensa presión volvió a su cuerpo. El oxígeno y la sangre salieron del monstruo.

La Titanoboa salió victoriosa.

El Gorgón estaba muriendo.

Capítulo 74

Félix American Pony

Todo el cuerpo de Félix tembló mientras se sentaba en lo alto de su transporte, observando a los dos monstruos pelear. Las bestias continuaron el tumulto mientras descendían por El Solitario. A pesar de su temblor, el zorse no se aprovechó de su asustado jinete. En cambio, permaneció inmóvil, esperando la siguiente orden de Félix. Félix se agachó y le acarició el cuello y la melena.

"Tú también tienes miedo, ¿eh?"

Por encima de la conmoción, escuchó lo que parecían gemidos provenientes del avión. Antes de comprometerse con la emboscada, Félix había observado al grupo a través de su equipo de vigilancia improvisado entrando al avión. Le había horrorizado ver al Gorgón persiguiéndolo por el volcán.

"¡Gótico!", gritó Félix, saltó del zorse y corrió hacia el avión destrozado.

En la parte trasera, vio las figuras ensangrentadas de Jorge Mondragón y Brody saliendo cojeando de los escombros.

"¿Están bien chicos?"

"Estoy tratando de sacar a Brody", tosió Jorge. "No sé cómo están los demás".

"Entendido", respondió Félix. "Levanten sus armas y oriéntense hacia los monstruos. Iré a sacarlos".

Félix estudió el interior. Su mente volvió rápidamente a la brutal carrera de obstáculos que había completado en el curso BIA en Artesia, Nuevo México. "Entonces, ¿es por eso que hicimos tantas carreras de obstáculos? Para un momento como éste".

El avión estaba torcido de costado y un objeto en forma de rayo que corría por el centro sirvió como primer obstáculo inmediato. Félix dio un paso atrás y estudió un posible punto de acceso.

"Entiendo". Alargó la mano y agarró la viga lo más alto que pudo. Luego presionó sus pies contra los escombros que formaban una pared sólida. Tirando con las manos, caminó y maniobró sobre el obstáculo, hasta que entró en el espacio más abierto del avión.

WHAAM WHAAM

Félix escuchó el golpe del metal contra el metal.

"¡Gótico!", gritó Félix.

WHAAM WHAAM

Félix volvió a gritar.

"Estamos de vuelta..." dijo una voz, con un acento de la ciudad de Nueva York que se hacía más fuerte con la fatiga. "Vuelve aquí, Félix".

El polvo de material no identificado cubría el aire. Aun así, Félix se abrió paso hacia la voz.

Gótico se puso de pie, con la camisa arrancada del cuerpo, mostrando su constitución olímpica. El sudor y la sangre manaban de un corte en su cabeza, bañando sus músculos.

"¡Tarzano!", Gótico jadeó. "Está atrapado allí".

"¿Por qué estás blandiendo esa hacha?", preguntó Félix. "Podrías golpear el metal".

"Está en mal estado", jadeó Gótico y volvió a golpear. El obstáculo metálico se partió. Empujó hacia arriba el metal, todo el cuerpo de Gótico temblaba por el esfuerzo. Con fatiga, cayó al suelo.

Félix se arrodilló a su lado. "Literalmente, me desmayé por el cansancio", dijo en voz alta, mirando a Gótico. Al ver que estaba bien, Félix levantó la vista. A través de la bruma, lo encontró.

Vio la posición supina de Tarzano.

"¿Cómo me veo?", Tarzano se atragantó.

"Agh", tragó Félix, "no estás tan mal".

Pero Félix estaba mintiendo. Tarzano yacía boca arriba sobre el suelo de metal derrumbado. Sus manos empapadas de sangre cubrieron su estómago expuesto. Su abdomen había sido lacerado, dejando al descubierto su intestino grueso.

Félix estudió la herida. Con cuidado, pero todavía preocupado por su amigo, se deslizó. Sus ojos recorrieron a Tarzano y vieron el botiquín de primeros auxilios todavía pegado a sus pantalones cargo.

"Está bien", dijo Félix, hundiendo las manos en el maletín médico de Tarzano, "pongámonos a trabajar".

Capítulo 75

Félix American Pony

"Vas a estar bien", le dijo Félix a Tarzano mientras le aplicaba el vendaje estilo ejército israelí.

Tarzano se rió. Sangre y saliva se escaparon de sus labios, "¿Estás seguro de eso?"

Félix esbozó una débil sonrisa mientras contemplaba el tejido rosado y serpentino que estaba hecho un ovillo en el estómago de Tarzano.

"Claro", gruñó Félix, "como en Artesia".

Con las manos enguantadas, Félix empujó los órganos expuestos más hacia arriba. Tomando el vendaje israelí, lo enrolló alrededor de la herida. Cada vez, Tarzano retiraba las manos para que Félix pudiera estirar la tela. Luego, rastrillando el grifo de 160 kilómetros del kit de Tarzano, Félix cortó franjas de quince centímetros.

"¿Cinta de 160 kilómetros por hora?" —preguntó Tarzano.

"Nunca vayas al campo sin ella", respondió Félix mientras se colocaba las tiras verdes en el estómago.

Tarzano gimió: "Ahora, ¿cómo salimos de aquí?"

"¡Gótico!", gritó Félix, mientras miraba a través de la tosca abertura. Gótico permaneció inmóvil en el suelo. "¡Finalmente encontré un buen uso para esos bíceps y se desmayó!"

"¡Aún no estoy fuera de la pelea!", gritó Gótico.

TERROR EN BIG BEND

"Tengo a Tarzano envuelto", dijo Félix, "pero está sufriendo".

A través de la niebla de escombros de piedra, Félix observó cómo el hombre de constitución hercúlea luchaba por ponerse de pie. Gótico tropezó y cayó al suelo. Félix comenzó a correr hacia adelante, pero Gótico logró ponerse de pie. Gótico, aunque saludaba de izquierda a derecha por la fatiga, levantó su mano derecha y les indicó que siguieran adelante.

"Hagamos esto", dijo.

Con cuidadosa precisión, los dos hombres maniobraron a Tarzano a través de la tosca abertura. Usando la cuerda de Tarzano, engancharon un arnés y lo envolvieron alrededor de los hombros de Tarzano. Luego utilizaron el hacha que Félix había encontrado y, mediante dos medios nudos, la aseguraron con un nudo cuadrado alrededor de su mango. Félix subió y envolvió la cuerda sobre un trozo de metal resistente, formando una polea.

A pesar de su fatiga, Gótico se dio unas palmaditas en el bíceps y respondió: "No te preocupes, te tengo".

Félix asintió y, trabajando con Tarzano, empezó a tirar. Tarzano envolvió sus piernas alrededor de la cintura de Félix mientras subían, y Félix lo miró de manera similar a una posición de jiu-jitsu.

"Sin contacto visual, Tarzano", bromeó Félix.

Pero Tarzano no se rió. A Félix se le tensó el estómago; sabía lo que eso significaba—las heridas de Tarzano eran demasiado graves. Félix comenzó a subir por el muro improvisado. Todos sus músculos ardieron cuando el ácido láctico corrió por su cuerpo.

"¡Argh!—" Gótico gruñó mientras tiraba hacia abajo, ayudándolos a levantarlos. Félix siguió subiendo, Tarzano siguió agarrándose y Gótico tiró con todas sus fuerzas. Debido a la posición, Gótico sólo podía usar sus brazos. Por el rabillo del ojo, Félix pudo ver a Gótico esforzándose, rechinó los dientes mientras su cara se ponía roja y su garganta se hinchaba.

"Lo logramos", dijo Félix, arrastrándose por el suelo. Hizo una mueca cuando las fresas le penetraron las manos y las rodillas. Sus pulmones ardían mientras aspiraba oxígeno.

Pero a pesar de todo esto, habían salvado a Tarzano.

"Eso es", jadeó Félix para sí mismo, "valió la pena".

Capítulo 76

Félix American Pony

Mientras Félix y los demás hicieron una pausa para recuperar el aliento, los monstruos no lo hicieron. La Titanoboa continuó constriñéndose alrededor del Gorgón mientras luchaban. Nubes de polvo se elevaron diez metros en el aire. Rocas y sedimentos salieron disparados como proyectiles.

Los dos monstruos—enzarzados en un combate mortal—se estrellaron contra la ladera de la montaña. La física de la caída los disparó por los aires. El Gorgón hundió sus patas en la serpiente. La serpiente golpeó su cabeza hacia adelante—hundiendo sus dientes en el hombro del Gorgón.

WHAAM

El enredado tumulto se estrelló contra el avión derribado, evitando por poco al grupo de humanos. El peso de los monstruos se derrumbó en el centro. Se retorcían de dolor.

Pero si bien el impacto fatigaba sus cuerpos, el dolor sólo alimentó la intensidad del conflicto. Sus gritos eran fuertes y horribles, diferentes a los de cualquier otra bestia viviente.

Aún fatigado y conmocionado, El Gorgón disparó su enorme hocico hacia adelante e intentó morder el vientre de la serpiente. Las escamas lo protegieron y la serpiente volvió a constreñir su horrible forma deslizándose alrededor del Gorgón. Luego disparó su cabeza hacia las costillas del Gorgón. La sangre de ambas bestias voló por el aire, cubriendo el desierto chihuahuense.

El Gorgón echó la cabeza hacia atrás, buscando un nuevo objetivo. La Titanoboa vio esto y, cuando el protomamífero retrocedió, la serpiente se precipitó hacia adelante—apuñalando su cabeza en forma de lanza en la garganta del Gorgón.

Una descarga espumosa brotó de la boca del Gorgón. Se atragantó. En un esfuerzo desesperado, agitó sus patas—con las garras extendidas. Cortó contra las escamas en forma de escudo de la Titanoboa, penetrando. Pero la serpiente no soltó su agarre.

El Gorgón giró. Luego, volvió a golpear. Cada vez, el Gorgón hizo contacto con el cuello de la serpiente, justo debajo de su cabeza. Cada vez, expuso más y más músculos internos.

Los ojos del Gorgón comenzaron a nublarse. Su visible debilidad se hizo más fuerte. Se balanceó—una vez más.

WHAAM! ¡GUAU!

La Titanoboa echó la cabeza hacia atrás, siseando y aullando en tonos horribles e indescriptibles. Un terrible corte descendía desde la parte superior de su cuello, dejando al descubierto un material rosado y empapado.

La adrenalina recorrió el cuerpo descolorido del Gorgón. Un dolor abrumador y el cansancio preocupaban a la bestia, pero ahora la desesperación había sido reemplazada por la esperanza.

El Gorgón volvió a la lucha.

Capítulo 77

Jorge Mondragón

"Jorge", dijo Brody, tirando del KS-23 que había sido desmontado y atado a la mochila de Jorge mientras saltaban del colapso del monstruo al avión.

"¿Qué está sucediendo?" -gritó Jorge-.

"Ayúdame", respondió Brody. "Ayúdame a disparar esta cosa".

"¿El KS-23?", Jorge se rió. "¿La escopeta rusa calibre 4?"

Después de que Bill Bosworth fuera mutilado hasta la muerte por el oso negro, se decidió que no se podía abandonar un arma poderosa.

"Tenemos que acabar con ellos aquí", gritó Brody, liberando finalmente el arma y trabajando en su montaje.

"Aquí", Jorge agitó el arma, todavía consciente del peligro de su posición. Tomó el arma y, recordando las conversaciones con Bill, armó, preparó y cargó la escopeta rusa.

"¿Qué está sucediendo?", preguntó Gótico.

"No podemos arriesgarnos a que sobrevivan", dijo Jorge. "Tienen que morir".

"Lo harán ellos mismos", jadeó Gótico y se puso de pie. Por su confusión y fatiga, todavía agarraba el hacha de emergencia que había recogido en el caos.

TERROR EN BIG BEND

"No puedo arriesgarme a tenerlos aquí", Jorge le entregó la escopeta a Brody.

Félix resopló y escupió. Sacudió la cabeza y sonrió. "Gente", dijo, ajustando su honda mientras todos se alejaban de las criaturas. "Trabajas en el ámbito policial y crees que llegas a conocer gente—pero siempre te sorprenderán. Tu trabajo—el trabajo que no querías, pero...

"¡Terminemos esto!" Brody interrumpió.

Jorge asintió, "Por fav--"

Pero mientras hablaba, los monstruos se gritaban unos a otros. En el tumulto, rodaron hacia ellos. Brody levantó la escopeta rusa. Jorge agarró a Brody por el hombro y lo empujó lateralmente con fuerza. No para detenerlo, sino para permitirle un mejor ángulo.

¡BOOM!

¡BOOM!

Las balas de calibre cuatro impactaron en la Titanoboa, causando un dolor tan grande que liberó al Gorgón. Entonces el Gorgón se lanzó a matar.

BANG BANG BANG

El fuego de escopetas y pistolas impactó a las bestias. Explosiones anaranjadas explotaron de los barriles.

Ambos monstruos se precipitaron hacia el suelo.

"¡No!", lloró Gótico mientras la Titanoboa se deslizaba sobre la forma supina y herida de Tarzano—su sangre manchaba el suelo debajo de la serpiente mientras se deslizaba hacia adelante. Su horrible cuerpo chocó contra Jorge, tirándolo hacia atrás. Rodó, con los pies por encima, levantando polvo mientras lo hacía.

"¡Tarzano!", gritó Gótico, hacha en mano. Luego, con ardiente fervor, giró. El hacha de Gótico penetró a la serpiente, enviando enormes gotas de sangre hacia afuera con cada corte.

¡BOOM!

El KS-23 volvió a sonar. Del cuerpo de la serpiente salía humo.

¡BOOM!

Sin inmutarse, Gótico continuó cortando.

Hasta que finalmente, la cabeza de la gran serpiente cayó libre.

Capítulo 78

Jorge Mondragón

"¡Apártate del camino!", Jorge le gritó a Gótico, quien luchó por mantenerse de pie.

Todavía agarrando el hacha, el líder mercenario apartó la cabeza de Jorge. Detrás de él, el Gorgón avanzó sigilosamente. El monstruo mostró sus colmillos. La sangre de su enemigo serpiente goteaba. Gore cubrió sus bigotes felinos. Una llama alimentada por el odio llenó los ojos del Gorgón.

"Es mi turno", dijo Jorge. "Tengo este".

Gótico se apartó del camino a trompicones. Jorge dio un paso adelante. Sintió que el odio recorría su cuerpo.

Este monstruo había matado a Enrique Esparza—provocando confusión en el lugar que amaba. La bestia gruñó en un tono bajo y grave. Jorge podía sentir los tonos parecidos al subwoofer vibrar contra su cuerpo.

"Aquí, gatito, gatito, gatito", susurró Jorge, cargando la parte delantera de su Keltec KSG.

El Gorgón salió disparado hacia adelante y Jorge lanzó una lluvia de llamas de su lanzallamas debajo del cañón. Llamas ámbar saltaron sobre el rostro del Gorgón. Cerró los ojos, protegiéndolos.

Pero los ojos de las bestias no eran el objetivo previsto por Jorge. En cambio, había cubierto de fuego los bigotes del monstruo felino.

Las antenas orgánicas del Gorgón fueron reducidas a cenizas. Pedazos grises cubrían el suelo debajo de él.

El Gorgón sacudió la cabeza, luchando por darse la vuelta y echar a correr.

BANG BANG BANG

Jorge disparó el Keltec KSG. Las balas golpearon la garganta y el rostro del Gorgón.

Con esfuerzos simultáneos, tanto Félix como Brody dispararon.

El KSG de Jorge se quedó vacío. Dejó caer la escopeta y ésta cayó al suelo. Desenfundó su Smith & Wesson XVR 460 Magnum de color dorado.

Disparó las seis balas. Disparando con tiros precisos, todas las balas alcanzaron a la bestia que se acercaba.

"*Puedo* respirar; ¡*Puedo* pelear!", dijo Jorge y, sacando la espada Kukri de su chaleco, corrió hacia adelante.

Capítulo 79

Jorge Mondragón

Jorge clavó el cuchillo Kukri debajo de la garganta del Gorgón. El Gorgón aulló y a Jorge se le puso la piel de gallina por todo el cuerpo. Empujó su mano más lejos, la espada Gorhkan se hundió más profundamente en la garganta del monstruo.

Cuando la hoja le laceró la lengua, el Gorgón detuvo su grito. Ahora gimió.

Jorge se detuvo. Sintió que se le humedecían los ojos ante el ruido. Su mente corrió hacia el gato—el que había salvado. Le arrancó el Kukri al monstruo.

Lentamente, dio un paso atrás. El Gorgón continuó con su grito de dolor. Jorge sintió que los demás lo miraban. Con reverencia, estudió al monstruo. Por razones que Jorge desconoce, la bestia dio un paso adelante. Tropezó. Se estrelló contra la tierra. Su cara escaldada aterrizó a centímetros de los dedos de los pies cubiertos por las botas de Jorge. Torció el cuello—su cabeza permaneció en el suelo del desierto chihuahuense. En su agonía, miró a Jorge.

"Se suponía que debía proteger la vida, amigo", Jorge acarició el costado de la espada contra el hocico del monstruo.

Jorge no sabía toda la historia. Pero comprendió esto: el monstruo estaba solo.

Mató—hizo daño—fue culpable.

TERROR EN BIG BEND

Pero si bien era responsable, otros lo habían puesto en ese camino de asesinatos.

Jorge había estado solo. El aislamiento los había atormentado a ambos. Pero Jorge tenía algo que este monstruo nunca tendría—Jorge tenía familia.

Con el cuchillo Kukri aún en mano, Jorge miró a su alrededor. Vio a Brody, Tarzano y Félix. Sonrió mientras su mente volvía al Sr. Gato.

Jorge tuvo que matar a este monstruo. Tenía que poner fin a su reinado de terror. Sin embargo, se compadeció de esta criatura. Un monstruo abominable creado por malvados científicos y liberado por anarquistas.

Para proteger la vida, tenía que matar.

Pero Jorge se había cansado de la muerte.

"Quítame eso", Jorge cerró los ojos mientras susurraba.

Cuando los abrió, vio a Brody corriendo hacia adelante, con un palo en la mano. Lo hundió en la garganta del Gorgón. Brody giró el poste de izquierda a derecha, perforando aún más.

¡BOOM!

La cabeza del monstruo explotó, cubriendo a todos los que estaban a su alrededor en sangre.

Capítulo 80

Jorge Mondragón

"Félix", Jorge aspiró aire mientras sus pulmones subían y bajaban.

"¿Qué pasa?", respondió Félix, su arma todavía orientada hacia el Gorgón.

"Tengo un trabajo para ti".

Félix se dio vuelta y miró a Jorge: "Creo que voy a tomar un pequeño descanso".

"No", señaló Jorge a la Titanoboa muerta, "tu no".

"¿Qué?"

"Tarzano", dijo Jorge, "está vivo".

A pesar de su fatiga, Gótico se puso de pie de un salto y, con un feo y tambaleante gateo, corrió hacia su amigo.

"La serpiente debe haberlo empujado hacia la arena", dijo Jorge. "Créeme, los camiones se quedan atrapados aquí todo el tiempo".

Jorge vio como Gótico agarraba la parte trasera del chaleco de Tarzano y lo liberaba.

"Tengo que sacarlo de aquí", dijo Gótico.

"Puedes", Félix caminó hacia Gótico. "Pero no tan rápido como puedo".

Gótico se puso de pie, sus expresiones faciales mostraban confusión.

"Lo llevaré de regreso a la carretera Farmer Market", Félix caminó hacia donde estaba su zorse, detrás de ellos. Agarró las riendas de la criatura híbrida y la atrajo hacia Tarzano. "Tendré señal. Entonces pediré ayuda".

Jorge dio un paso adelante y puso su mano sobre el hombro de Félix. "Viajaste hasta aquí. Puedo regresar".

Félix sonrió, "Conozco tu historia. Eres un gran jinete..."

"Pero..."

"Soy más rápido", dijo Félix, con voz tranquila. Mientras hablaba, ayudó a Tarzano con el zorse.

"Esto es una locura", dijo Brody.

"Pero no tenemos otra opción", Jorge observó a Félix subir al zorse.

Entonces lo vio. En la espalda desnuda de Félix, hacia el hombro, estaban las iniciales HNIRC y la palabra "Campeón" tatuada en letra estilo Minstrel debajo.

A pesar de la gravedad de la situación, Jorge sintió que se le revolvía el estómago y se le salían los ojos de las órbitas.

Consejo Indio de Relevos de las Naciones Hípicas... Campeón

Al crecer en el oeste de Texas, Jorge había asistido a rodeos. Pero un relevo indio era diferente. Los competidores montan a pelo en sus caballos decorados con tinta por la pista en el intenso calor de Montana.

Tiene razón, pensó Jorge. *Es la persona adecuada para este trabajo.*

"¡Sigue adelante, Félix!", Jorge asintió.

Félix no dijo nada mientras clavaba los talones en el costado del zorse. Una nube de polvo se elevó hacia el cielo mientras el animal llevaba a los dos hombres hacia el sur.

Capítulo 81

Jorge Mondragón

Jorge observó cómo el zorse, con su jinete y pasajeros, salía corriendo de El Solitario. Desde el volcán, viajaron hacia el sur a través del Parque Estatal Big Bend.

"Bueno", suspiró Jorge y miró el caos a su alrededor, "parece que todavía estamos caminando".

"El peligro no ha desaparecido", dijo Brody mientras acercaba su brazo a la mordedura de serpiente. "Los monstruos están muertos, pero el ecosistema ha cambiado".

Gótico se incorporó, apoyándose en el hacha mientras la apoyaba sobre el cadáver de la Titanoboa. "Este calor del desierto por sí solo te matará", gruñó.

Jorge abrió la boca, a punto de decir que era un calor seco. Pero sonó un teléfono móvil, silenciando a todos.

"*¿Qué es eso?*", preguntó Gótico.

Jorge se rascó la cabeza, sorprendido por el sonido del timbre.

"Eres tú", señaló Brody a Jorge.

La boca de Jorge se abrió. En esta zona nunca hubo señal telefónica.

¿Cómo puedo recibir una llamada?

Escaneó su chaleco. Su mano entró en el compartimento donde guardaba su teléfono.

"Número no identificado", apareció en la pantalla. Jorge lo sostuvo frente a él, mostrándoselo a los demás.

"¡Contéstalo!", dijo Gótico.

Jorge se estremeció, luego contestó la llamada y se acercó el teléfono a la oreja. Él no dijo nada.

"Ho-la, Sr. Mondragón", habló un hombre con un marcado acento cockney desde el otro lado.

Jorge se sacó el teléfono de la cabeza y estudió la pantalla. "¿Quién es?", preguntó Jorge mientras se ponía el teléfono nuevamente en la oreja.

"No tanto *quién* soy", dijo el hombre, "sino cual es mi *organización*".

"¿Los anarquistas que derribaron ese avión?"

"Soy... el representante de la persona propietaria del avión", dijo la voz.

"¿La Fuerza Aérea de Albuquerque? *¿La Frontera...?*"

"Todo lo que necesita saber es que somos una organización—como la suya—que no desea un conflicto armado".

"Difícilmente llamaría—"

"Mi empleador desea agradecerle por recuperar nuestro avión—"

"¿Qué?"

"Parece que las agencias del gobierno de Estados Unidos han derrotado el sistema de interferencias que frustró nuestra capacidad de recuperar nuestros aviones. Como cortesía, mi patrón desea comunicar el inminente hundimiento del buque..."

"*¿Qué?*"

"Mi organización recomienda el éxodo urgente de la zona inmediata..."

"¿Qué es un hundimiento?", gritó Jorge. Esta vez, vio la mirada de Gótico mientras hablaba.

"Ese es un término naval", gritó Félix, "para destruir tu barco".

"¿Pero cómo puedes destruir tu avión", Jorge estudió el avión destrozado, "cuando no estabas aquí?"

"Como se indicó anteriormente", dijo la voz, "nuestros sistemas han regresado. Siguiendo nuestro procedimiento operativo estándar, el barco será hundido para mitigar el riesgo de incriminación..."

El hombre continuó hablando. Mientras lo hacía, Jorge escuchó un tono corto, único, que sonaba automatizado, incómodamente alto y de tono alto.

"Ah, Scuttle", dijo Jorge, "ahora lo entiendo..."

Gótico corrió a su posición y lo agarró por los hombros, *"¡Vámonos! ¡Vámonos!"*

Brody miró de lado a lado y comenzó a correr también, "¿Qué está pasando—?"

"¡Corre!", gritó Jorge y el trío se alejó corriendo del avión derribado.

Las arenas y otra vegetación dolorosa los cortaban mientras corrían. Las laceraciones sólo los impulsaron a seguir adelante.

"¡Abajo! ¡Abajo!", gritó Gótico.

"¿Qué?" -Preguntó Brody. Inmediatamente, Jorge lo derribó y lo inmovilizó contra el suelo.

¡BOOM!

Llamas anaranjadas gigantes consumieron los restos. Los escombros se dispararon hacia arriba y hacia afuera. Nubes de polvo compuestas de rocas caían del cielo.

"¡El avión!", Brody gritó.

Ese avión del cártel tenía un sistema de destrucción, pensó Jorge. *Controlado por sus dueños.*

Un chillido agudo resonó en los oídos de Jorge. Parpadeó y sacudió la cabeza, intentando volver a concentrarse.

"¡Mira!", Brody señaló al cielo. "Es un helicóptero. Debe de ser una ambulancia, ¿no?".

Jorge miró a Brody. Pudo ver la confusión en la cara del hombre y se dio cuenta de que el hombre conmocionado estaba tratando de encontrarle sentido.

"Ese helicóptero", asintió Brody, "es como una ambulancia para nosotros, ¿verdad?".

Un helicóptero con una carrocería idéntica a la de un UH-60 del ejército estadounidense, pero con una figura de la Santa Muerte pintada en la nariz, voló por encima de ellos. Jorge hizo una mueca de dolor—¿cómo podría explicarle la situación a Brody en su estado actual?

Sacudió la cabeza. "No, Brody... ese helicóptero no es amistoso".

Capítulo 82

Jorge Mondragón

Jorge vio cómo el helicóptero de La Frontera se elevaba en el aire. Aún le escocía el cuerpo por el golpe. Sintió que una mano le agarraba el hombro y vio que Brody le señalaba el chaleco.

"¡Llamada telefónica!", gritó Brody.

Jorge, avergonzado por no haber oído el timbre, metió la mano en el chaleco y sacó el teléfono. Puso el aparato en modo altavoz y contestó.

"¿Diga?"

"Señor Mondragón", volvió a hablar el hombre con acento de cockney. "Su amigo ha sufrido heridas graves. Una vez destruidos los sistemas de interferencia de los anarquistas, regresó la tecnología de vigilancia de nuestro avión derribado. Pudimos observar la totalidad del peligro que corría el Sr. Salvatore-Jones. Le aseguro que el Sr. Salvatore-Jones recibirá los mejores cuidados médicos que nuestra organización pueda proporcionarle. Una vez curado, será devuelto".

"Ugh", Jorge parpadeó, intentando comprender la situación, "...¿*gracias?*".

El teléfono emitía tonos agudos y graves, frustrando a Jorge, que no podía determinar si había oído los tonos o si su tinnitus le confundía. Al mirar la pantalla del teléfono, leyó las palabras "llamada finalizada".

"¿Eh?"

"¿Qué acaba de pasar?", gritó Brody.

"La verdad es que no lo sé", respondió Jorge. "*Pero*... Creo que el cártel está intentando pagar la cuenta".

"¿Qué?", gritó Brody.

"Creo que hemos evitado la segunda guerra fronteriza mexicana", Jorge se secó el sudor de la frente con un pañuelo.

"Puede que la hayamos evitado", dijo Brody, "pero yo no diría que hemos salido indemnes".

Jorge contempló la escena del caos. Las llamas parpadeaban desde el avión del cártel derribado. El polvo y la vegetación flotaban en el aire, ya que las nubes de escombros aún no se habían disipado. Partes de la gran Titanoboa se habían derretido al chocar los trozos ardientes contra la carcasa. Un olor indescriptible le picó en las fosas nasales de Jorge, obligándole a utilizar la parte inferior de la nariz y la boca. El Gorgón sin cabeza decoraba el suelo como una horrible estatua orgánica. Su masa encefálica, trozos de colmillos, tejidos oculares y lengua apelmazaban hacían aún más depravada la ya caótica escena.

Tanta muerte, pensó Jorge, *tanto terror*.

Pero a pesar de todo ese mal que había amenazado su hogar, se habían mantenido en pie y habían luchado. Jorge miró y vio a su amigo Brody, que seguía aferrado al palo.

"No", dijo Jorge, "yo diría que todos salimos cambiados".

Sobre el Autor

Ethan Richards es originario de Oklahoma. Trabajó como profesor particular de violonchelo, pintor industrial, paracaidista, paseador de perros profesional e instructor de kickboxing fitness y hasta vendió su plasma. Además, cantó como barítono en el coro de Arlington. Vive en el oeste de Texas con su familia y su pastor alemán.

Made in the USA
Coppell, TX
16 September 2024